D1539074

# HUESOS EN EL JARDÍN

colección andanzas

# HENNING MANKELL
# HUESOS EN EL JARDÍN

Posfacio de Henning Mankell

Traducción del sueco de Carmen Montes Cano

TUS**Q**UETS
EDITORES

Título original: *Handen*

© Henning Mankell, 2004/2013. Publicado por acuerdo con Leopard Förlag, Estocolmo, y Leonhardt & Høier Literary Agency A/S, Copenhague.

© 2013, Carmen Montes Cano, de la traducción
Diseño de la colección: Guillemot-Navares
Reservados todos los derechos de esta edición para:
© 2013, Tusquets Editores México, S.A. de C.V.
Avenida Presidente Masarik núm. 111, 2o. piso
Colonia Chapultepec Morales
C.P. 11570, México, D.F.
www.tusquetseditores.com

1.ª edición en Tusquets Editores España: octubre de 2013

ISBN: 978-84-8383-745-0

1.ª edición en Tusquets Editores México: octubre de 2013

ISBN: 978-607-421-495-6

Impreso en los talleres de Litográfica Ingramex, S.A. de C.V.
Centeno núm. 162, colonia Granjas Esmeralda, México, D.F.
Impreso y hecho en México – *Printed and made in Mexico*

# Índice

# Huesos en el jardín

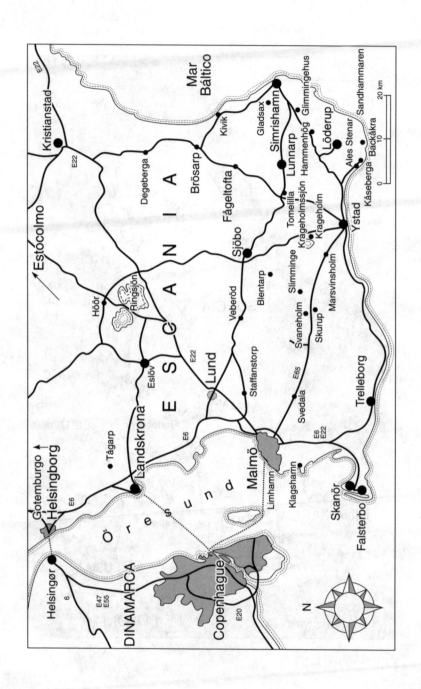

# 1

El sábado 26 de octubre de 2002, el inspector Kurt Wallander se sentía muy cansado. Había sido una semana terrible, debido a la gripe devastadora que había causado estragos entre el personal de la comisaría de policía de Ystad. Wallander, que siempre era el primero en contagiarse, había sido en esta ocasión, por alguna razón insondable, uno de los pocos que no cayó enfermo. Dado que aquella semana habían tenido un caso de violación en Svarte y varios de agresión grave en Ystad, tuvo que emplearse a fondo y durante muchas horas.

Estuvo ante el escritorio hasta bien entrada la noche del sábado. Tenía la cabeza demasiado cargada para trabajar, pero no le apetecía lo más mínimo irse a su casa, en la calle de Mariagatan. Al otro lado de la ventana de la comisaría soplaba un fuerte viento racheado. De vez en cuando se oía a alguien por el pasillo. Wallander confiaba en que no llamaran a su puerta. No quería que lo molestaran.

Que lo molestaran... ¿con qué?, se preguntaba. «Puede que mi mayor deseo sea que no me moleste mi propio yo, esa sensación creciente de desazón que me acompaña últimamente.»

La hojarasca se arremolinaba golpeando la ventana del despacho. Durante un rato sopesó la posibilidad de tomarse parte de los días de vacaciones acumulados y tratar de encontrar un viaje barato a Mallorca o a algún otro destino, pero ni siquiera llegó a terminar de pensarlo. Ni bajo el sol resplandeciente de una isla española sería capaz de serenarse.

Miró el calendario de mesa. Año: 2002. Mes: octubre. Llevaba más de treinta años en el cuerpo de policía. Después de patrullar por las calles de Malmö, se convirtió en un policía judicial experto y respetado, con muchos éxitos cosechados a la hora de resolver casos muy complejos de delitos graves. Por más que no pudiera sentirse satisfecho con su vida privada, al menos sí podía estarlo con su vida profesional. Había cumplido con su obligación como policía y quizá, quién sabe, también había contribuido a que la gente se sintiera más segura.

Oyó que un coche recorría la calle a todo gas, derrapando. «Será un joven el que va al volante», pensó Wallander. «Seguro que es perfectamente consciente de que está pasando por delante de la comisaría. Y lo que pretende es irritarnos, por supuesto. Pero conmigo no lo conseguirá. Ya no.»

Se asomó al pasillo. Estaba vacío. Oyó vagamente a alguien que reía. Fue en busca de una taza de té y volvió a su despacho.

Sabía raro. Miró la etiqueta y se dio cuenta de que había cogido un té de jazmín dulzón. No le gustaba. Tiró la bolsita a la papelera y vertió el té en una maceta que le había regalado Linda, su hija.

Pensó en cómo habían cambiado las cosas a lo largo de todos esos años que llevaba en el cuerpo de policía. Cuando empezó a patrullar las calles, había un abismo entre lo que ocurría en una ciudad como Malmö y los sucesos registrados en una ciudad de provincias como Ystad. Ahora, en cambio, apenas se observaba la menor diferencia. Y ello se debía sobre todo a la delincuencia vinculada a los estupefacientes. Cuando él llegó a Ystad, muchos de los drogadictos se desplazaban a Copenhague para comprar la droga. Sin embargo, en la actualidad, uno podía encontrar cualquier tipo de estupefacientes en la misma Ystad.

Wallander lo comentaba a menudo con sus colegas: en los últimos tiempos, ser policía era mucho más difícil. No obstante, en ese momento, en el despacho, mientras la hojarasca otoñal se adhería a los cristales de la ventana, se preguntó de pronto si de verdad era así. ¿No sería una excusa para no tener que molestarse en estudiar los cambios que sufría la sociedad y, por tanto, también la criminalidad?

«Nadie me ha acusado nunca de ser perezoso», pensó, «pero quizás en el fondo lo sea, a pesar de todo.»

Se levantó, cogió la cazadora que había dejado

en la silla, apagó la luz y salió del despacho. Sus pensamientos se quedaron rezagados en la habitación; las preguntas, sin respuesta.

Cruzó la ciudad a oscuras camino de casa. El agua de lluvia se extendía sobre el asfalto como una película irisada. De pronto, se le quedó la mente en blanco.

Al día siguiente, domingo, Wallander podía descansar. En sueños oyó a lo lejos el teléfono de la cocina. Su hija Linda, que el otoño anterior, después de terminar los estudios en la Escuela Superior de Policía de Estocolmo, se había incorporado a la comisaría de Ystad, seguía viviendo con él, en el apartamento de Mariagatan. En realidad, debería haberse mudado ya, pero aún no había podido firmar el contrato de alquiler. Wallander oyó que Linda contestaba al teléfono y pensó que no tenía por qué preocuparse. El día anterior, Martinsson se encontraba mejor del resfriado y le había prometido que no lo molestaría.

Por lo general, no lo llamaba nadie más que él, y menos aún en domingo y a aquellas horas de la mañana. Linda, en cambio, se pasaba el día hablando por el móvil. Wallander había reflexionado mucho sobre ello. Su propia relación con el teléfono era complicada. Cada vez que sonaba, él daba un respingo, a diferencia de Linda, que parecía capaz de llevar gran parte de su vida a través de ese aparato. Suponía que era indicio de una verdad tan simple como que ambos pertenecían a distintas generaciones.

Se abrió la puerta del dormitorio y Wallander se estremeció de rabia.

—¿Es que no sabes llamar a la puerta?

—Si sólo soy yo...

—Ya. ¿Y qué dirías si yo abriera la puerta de tu dormitorio sin llamar?

—Es que yo cierro con llave. Te llaman.

—A mí no me llama nunca nadie.

—Pues ahora sí.

—¿Quién es?

—Martinsson.

Wallander se incorporó en la cama. Linda observó con disgusto la barriga que sobresalía, pero no dijo nada. Era domingo. Habían llegado al acuerdo de que, mientras ella viviera en su casa, los domingos serían una zona franca en la que ninguno podría criticar al otro. Habían proclamado el domingo día reservado para la amabilidad.

—¿Qué quiere?

—Pues no lo ha dicho.

—Ya, pero yo hoy no trabajo.

—Te digo que no sé lo que quiere.

—¿Y no puedes decirle que he salido?

—¡Pero por Dios!

Linda volvió a su habitación. Wallander fue arrastrando los pies hasta la cocina y cogió el auricular. Miró por la ventana y comprobó que llovía,

pero las nubes, dispersas, dejaban entrever pince-
ladas de un cielo azul.

—Oye, ¡creía que hoy tenía el día libre!

—Y lo tienes —respondió Martinsson.

—¿Qué ha pasado?

—Nada.

Wallander se dio cuenta de que estaba empezando a enfadarse. ¿Lo había llamado Martinsson
sin motivo? Le parecía impropio de él.

—Entonces, ¿por qué me llamas? Estaba durmiendo.

—¿Y tú por qué pareces tan cabreado?

—Porque estoy cabreado.

—Pues llamaba porque creo que he encontrado una casa ideal para ti. En el campo. No muy
lejos de Löderup.

Wallander llevaba muchos años pensando que,
a estas alturas de la vida, lo que quería era dejar el
apartamento de Mariagatan, en el centro de Ystad.
Quería irse a vivir al campo, quería tener un perro.
Tras la muerte de su padre, unos años atrás, y cuando Linda se independizó, había empezado a sentir
una necesidad creciente de cambiar radicalmente de vida. En más de una ocasión había ido a ver
algunas de las casas que las inmobiliarias tenían
a la venta. Sin embargo, no encontraba la casa
adecuada. En alguna de esas visitas tuvo la sensación de que la vivienda en cuestión era casi lo que
buscaba, pero el precio estaba fuera de su alcance. Su salario y sus ahorros no se lo permitían. Un

policía jamás podía ahorrar grandes sumas de dinero.

—¿Sigues ahí?

—Sí, aquí estoy. Dime más.

—Ahora mismo no puedo. Al parecer, esta noche se ha cometido un robo en los grandes almacenes Åhléns. Pero si te pasas por aquí, te doy más detalles. Incluso tengo las llaves.

Martinsson se despidió. Linda entró en la cocina y se sirvió una taza de café. Lo interrogó con la mirada y le sirvió otra a él. Luego, los dos se sentaron a la mesa.

—¿Tienes que ir a trabajar?

—No.

—Entonces, ¿qué quería?

—Enseñarme una casa.

—Pero... si él vive en una casa adosada... y tú quieres vivir en el campo, ¿no?

—Es que no me escuchas cuando te hablo. Quiere enseñarme *una* casa. No *su* casa.

—¿Y qué casa es?

—No lo sé. ¿Quieres acompañarme?

Linda negó con la cabeza.

—Tengo otros planes.

Wallander no preguntó qué planes eran aquéllos. Sabía que, en esas cuestiones, su hija se parecía a él. No daba más explicaciones de las necesarias. Y si la pregunta no se formulaba, tampoco había que responderla.

# 2

Poco después de las doce, Wallander decidió ir a la comisaría. Una vez en la calle, por un instante dudó si coger el coche. Pero enseguida empezó a remorderle la conciencia. Apenas hacía ejercicio. Además, seguramente Linda estaría observándolo desde la ventana. Si iba en coche, antes o después tendría que oír sus reproches.

Empezó a caminar.

«Somos una especie de matrimonio de toda la vida», pensó. «O un policía de mediana edad con una mujer demasiado joven. Primero estuve casado con su madre. Y es como si mi hija y yo viviéramos un matrimonio de lo más extraño. Totalmente decente, pero nos sacamos de quicio mutuamente, y cada vez más.»

Martinsson estaba en su despacho cuando Wallander llegó a la comisaría, donde apenas había nadie. Mientras el agente terminaba su conversación telefónica, que, por lo que pudo oír, trataba de un tractor desaparecido, Wallander se dedicó a hojear unos documentos que había sobre la mesa, una nueva normativa de la Dirección Nacional de la Policía sobre el uso del espray de pimienta. Según un estudio reciente realizado en el sur de Suecia, y a la luz de sus conclusiones, el arma objeto de estudio había resultado ser una herramienta extraordinaria para tranquilizar a personas violentas.

De pronto Wallander se sintió viejo. Era un tirador pésimo y siempre había temido verse en situaciones en las que tuviera que disparar. Le había ocurrido, e incluso, unos años atrás, se había visto en la tesitura de tener que matar a un hombre en defensa propia. Pero la idea de ver incrementado el arsenal privado con irritantes botecillos de espray de pimienta no le agradaba lo más mínimo.

«Me estoy haciendo demasiado viejo hasta para mí mismo», pensó. «Demasiado viejo para mí, y también para mi profesión.»

Martinsson colgó el teléfono con decisión y se levantó de un salto. Wallander recordó de repente al joven que había empezado en la comisaría de Ystad unos quince años atrás. Martinsson dudaba ya entonces de que encajara en la policía. A lo largo de todo aquel tiempo, casi había hablado en serio de dejarlo en varias ocasiones. Pero al final se quedó en el Cuerpo. Ya no era tan joven, pero no había engordado, como Wallander, sino que, al contrario, había adelgazado. El cambio más notorio era que había perdido el abundante pelo castaño que tenía en su juventud y se había quedado calvo.

Martinsson le dio un llavero. Wallander vio que la mayoría de las llaves eran antiguas.

—Es de un primo de mi mujer. El hombre es muy mayor, la casa está deshabitada y él se ha negado a venderla mientras ha sido posible, pero ahora se encuentra en una residencia y es consciente de que nunca saldrá vivo de allí. Hace un tiempo me pidió que me encargara de la venta. Y ha llegado el momento. He pensado en ti de inmediato.

Martinsson señaló la silla desvencijada del despacho. Wallander se sentó.

—He pensado en ti por varias razones —siguió—. En parte, porque sé que estás buscando una casa en el campo, pero también por dónde está situada la casa en cuestión.

Wallander esperó a que continuara. Pensó que Martinsson tenía la mala costumbre de darle largas a todo, de complicar lo que debería ser facilísimo de explicar.

—Está en la calle de Vretsvägen, en el municipio de Löderup —prosiguió Martinsson.

Wallander sabía en qué estaba pensando su colega.

—¿Qué casa es?

—El hombre, el primo de mi mujer, se llama Karl Eriksson.

Wallander rebuscó en su memoria.

—¿No era el que tenía la herrería junto a la gasolinera?

—Exacto.

Wallander se levantó y cogió las llaves.

—He pasado por allí con el coche muchas veces. No sé si será buena para mí... ¿No estará demasiado cerca de donde vivía mi padre?

—Tú ve a verla.

—¿Cuánto quiere por ella?

—Creemos que es mejor que eso lo propongas tú. Pero dado que la que cobrará el dinero es mi mujer, tendré que venderla a precio de mercado.

Wallander se detuvo en el umbral. De repente lo embargaron las dudas.

—¿No podrías darme alguna indicación sobre el precio? No tiene mucho sentido que vaya a verla si luego resulta que es tan cara que no puedo ni plantearme comprarla.

—Anda, vete a verla de una vez —dijo Martinsson—. Podrás permitírtela. Si quieres.

# 3

Wallander volvió a Mariagatan. Se sentía eufórico y atribulado al mismo tiempo. No se había sentado todavía en el coche cuando empezó a caer una lluvia torrencial. Salió de Ystad, tomó la circunvalación de Österleden y, de repente, pensó en el tiempo que había pasado desde la última vez que había recorrido aquel trayecto para ir a visitar a su padre.

¿Cuánto hacía que había muerto? Tardó unos minutos en recordar en qué año fue. Quedaba todo tan atrás... Habían transcurrido muchos años desde que fueron a Roma, el último viaje que hicieron juntos.

Recordó cómo había seguido a su padre, a escondidas, mientras éste paseaba solo por las calles de Roma. Todavía se avergonzaba al pensar que lo había espiado para ver adónde iba, porque el que su padre fuera mayor y la cabeza no le funcionara del todo bien no justificaba que lo hubiese vigilado. ¿Por qué Wallander no dejó que recorriera las calles de Roma y evocara sus recuerdos en paz? ¿Por qué lo había seguido? No podía decir que lo hubiese movido la preocupación de que a su padre le sucediera algo...

Aún se acordaba de cómo se sintió entonces. No se había sentido preocupado. Simplemente, había actuado movido por la curiosidad.

Era como si el tiempo se hubiera encogido. Como si hubiese sido ayer la última vez que había recorrido aquella carretera para ir a ver a su padre, para jugar con él a las cartas, tomar un trago y luego enzarzarse en una discusión sobre cualquier minucia.

«Echo de menos al viejo», reconoció. «Después de todo, era el único padre que iba a tener en la vida. Por lo general era un hombre terrible, y me sacaba de quicio a la mínima, pero lo echo de menos, eso es incuestionable.»

Wallander giró para tomar aquel camino que tan bien conocía y atisbó el tejado de la que fue la casa de su padre, pero pasó de largo el desvío que llevaba hasta ella y volvió a girar, aunque en dirección opuesta.

Tras recorrer unos doscientos metros se detuvo y salió del coche. Había dejado de llover.

La casa de Karl Eriksson se encontraba enclavada en medio de un jardín asilvestrado. Era una finca antigua, típica de la zona de Escania, que en su día había tenido dos edificios. Uno de ellos había desaparecido, tal vez a causa de un incendio, o quizá lo hubiesen derribado. Lo único que quedaba era la casa y el jardín, rodeado de una valla. Wallander oyó a lo lejos el ruido de un tractor. La tierra del jardín parecía esperar que la cubriera el invierno.

La verja emitió un chirrido cuando Wallander la abrió, antes de entrar en la explanada. Era obvio que el sendero de tierra llevaba muchos años sin ver un rastrillo. Unas cornejas graznaban posadas en un castaño altivo que se erguía frente a la casa. Tal vez fuese el árbol protector de la familia, según la antigua creencia. Wallander se quedó allí parado, atento. Antes de empezar a plantearse vivir en aquella casa, debía comprobar que le complacían los sonidos que la rodeaban. Si el rumor del viento o el silencio no eran de su agrado, ya podía dar media vuelta y marcharse. Sin embargo, lo que oía le infundía serenidad. Era la calma propia del otoño, el otoño de Escania, que presagia la llegada del invierno.

Wallander rodeó la casa. En la parte trasera había unos manzanos, algunos grosselleros, y una mesa y bancos de piedra bastante deteriorados. Se abrió paso entre la hojarasca otoñal, tropezó con algo que había en el suelo, tal vez un rastrillo, y volvió a la parte delantera de la casa. Adivinó cuál de las llaves sería la de la puerta principal, la introdujo en la cerradura y abrió.

Allí dentro olía a moho y a aire viciado. Al aroma agrio que desprende un hombre viejo. Echó un vistazo a las habitaciones. Tenían muebles antiguos y, en las paredes, cuadros con refranes. Vio un televisor antediluviano en lo que debió de ser el dormitorio del anciano propietario. Después se dirigió a la cocina. Había un frigorífico desconectado y, en el fregadero, los restos de un ratón muerto. Subió a la primera planta, donde no había más que un desván sin acondicionar. La casa necesitaría muchos arreglos, eso estaba claro. Y no saldría barato, aunque quizá él pudiera hacer gran parte de las reparaciones sin ayuda.

Bajó de nuevo, se sentó lentamente en un viejo sofá y marcó el número de la comisaría de Ystad. Martinsson tardó unos segundos en responder.

—¿Dónde estás? —preguntó su colega.

—Antes preguntábamos cómo estaba la persona que nos llamaba —observó Wallander—. Ahora, en cambio, preguntamos dónde se encuentra. Desde luego, la forma de saludarse ha sufrido una revolución en nuestro tiempo.

—¿Y me has telefoneado para hacerme esa observación?

—Estoy en la casa.

—Ah, vale. ¿Y qué te parece?

—No sé. Me parece extraña.

—Hombre, es la primera vez que la ves, es lógico que te resulte extraña.

—Bueno, me gustaría saber cuánto pensabais pedir por ella. No quiero empezar a plantearme nada antes de saberlo. Supongo que eres consciente de que requiere muchísimo trabajo, ¿no?

—Sí, la he visto. Lo sé perfectamente.

Wallander aguardaba mientras oía la respiración de Martinsson.

—No es fácil hacer negocios con un buen amigo —dijo éste al fin—. Acabo de darme cuenta.

—Pues imagínate que soy un enemigo —respondió Wallander con una sonrisa—. Pero un enemigo pobretón.

Martinsson se echó a reír.

—Habíamos pensado en un precio de ganga. Quinientas mil coronas. Regateo incluido.

Wallander ya había decidido que podía pagar un máximo de quinientas cincuenta mil.

—Demasiado caro —dijo.

—Y una mierda. ¿Por una casa en la zona de Österlen?

—Es un barracón.

—Ya, pero con una inversión de cien mil coronas, la casa valdrá bastante más de un millón.

—Puedo pagar cuatrocientas setenta y cinco mil.

—No.

—Entonces no hay trato.

Wallander se apresuró a cortar la comunicación y esperó con el móvil en la mano, contando los segundos. Había llegado a veinticuatro cuando llamó Martinsson.

—Podemos dejarlo en cuatrocientas noventa mil.

—Pues cerramos el trato con un apretón de manos telefónico —respondió Wallander—. O mejor dicho: la casa está en mis manos durante veinticuatro horas. Tengo que hablar con Linda.

—De acuerdo, tienes hasta esta noche.

—¿A qué viene tanta prisa? Te digo que necesito veinticuatro horas.

—Bueno, te las concedo, pero ni una más.

Concluyeron la conversación. Wallander sintió un escalofrío de felicidad. ¿De verdad estaba a punto de adquirir la casa de campo con la que tanto tiempo llevaba soñando? Y, además, cerca de la casa de su padre, en la que había pasado infinidad de horas.

Subió a toda prisa la escalera y recorrió la vivienda una vez más. Empezó a derribar paredes mentalmente; a renovar la instalación eléctrica, a empapelar, a amueblar. Sintió deseos de llamar a Linda, pero logró contenerse.

Era demasiado pronto para contárselo. Todavía no estaba convencido del todo.

Examinó de nuevo la planta baja, deteniéndose de vez en cuando a escuchar el ruido antes de pasar a la siguiente habitación. En las paredes colgaban fotografías de personas que una vez vivieron allí. Y entre dos de las ventanas de la habitación más amplia, una fotografía de la finca a vista de pájaro, coloreada.

Tuvo la sensación de que en las paredes aún latía la respiración de las personas que la habían habitado con el correr del tiempo. «Pero aquí no hay fantasmas», se dijo. «No los hay, puesto que yo no creo en fantasmas.»

Salió al jardín. Las nubes se habían disipado. Tiró varias veces de la manivela de una bomba de agua que había en medio de la explanada delantera. Tras emitir un chirrido, se oyó un borboteo de agua que al principio salió marrón y, después, clarísima. La probó y casi pudo ver a un perro bebiendo agua de un cuenco puesto allí mismo, a su lado.

Dio otra vuelta alrededor de la casa y volvió al coche.

Acababa de abrir la puerta cuando se detuvo en seco. Allí pasaba algo. En un primer momento no supo qué lo hacía detenerse en lugar de sentarse al volante. Frunció el ceño. Había empezado a rumiar algo. Algo que había visto. Algo que no encajaba.

Se volvió a mirar la casa. Ese algo se le había quedado grabado en la memoria.

Y entonces cayó en la cuenta. Cuando llegó, al rodear el edificio, había tropezado con un objeto que había en el suelo, detrás de la casa. Los restos de un viejo rastrillo, quizá la raíz de un árbol. Eso era lo que lo retenía allí.

Algo que había visto. Sin verlo.

## 4

Wallander regresó a la parte posterior de la casa. No estaba seguro de dónde había tropezado. Tampoco comprendía por qué le importaba tanto averiguar el lugar exacto en que había dado el traspié.

Rebuscó por el suelo. Y no tardó en encontrar lo que buscaba. Se quedó un buen rato mirando lo que sobresalía de la tierra. Al principio, no se movió. Después rodeó despacio lo que tenía a sus pies. Volvió al punto de partida y se acuclilló. Sintió que le tiraban las rodillas.

No cabía la menor duda de qué era lo que yacía allí medio enterrado. No eran los restos de un viejo rastrillo. Tampoco la raíz de un árbol.

Eran los huesos de una mano. Estaban oscurecidos, pero sin duda lo que sobresalía de aquella tierra ocre y arcillosa eran los restos de una mano humana.

Wallander se enderezó. La alarma que se había disparado en su interior cuando acababa de abrir la puerta del coche no había fallado.

Miró a su alrededor. No había más restos de huesos humanos. Sólo la mano que sobresalía de la tierra. Se agachó una vez más y rebuscó entre los terrones con cuidado. ¿Habría enterrado allí debajo un esqueleto entero, o sería sólo una mano? No sabía qué pensar.

Ya no había ni una sola nube en el cielo. El sol de octubre lo entibiaba todo con un calor tímido. Las cornejas seguían chillando en el gran castaño. La situación se le antojó del todo irreal. Había ido allí en domingo para ver una casa a la que quizá pudiera irse a vivir. Y, por pura casualidad, había tropezado con los restos de un ser humano en el jardín.

Perplejo, negó con la cabeza. Después llamó a la comisaría. Martinsson respiró hondo antes de responder.

—No pienso bajar más el precio. Mi mujer dice que ya he sido más blando de la cuenta.

—No llamo por el precio.

—Entonces, ¿por qué?

—Ven aquí.

—¿Es que ha ocurrido algo?

—Tú ven. Haz lo que te digo, ven cuanto antes.

Martinsson comprendió que se trataba de algo serio y dejó de hacer preguntas. Wallander siguió rebuscando entre la tierra del jardín mientras esperaba que llegase el coche de policía.

Tardó diecinueve minutos. Martinsson había pisado el acelerador a fondo. Su colega lo recibió en la parte delantera de la casa. Y parecía preocupado.

—¿Qué ha pasado?

—He dado un traspié.

Martinsson se quedó mirándolo sin dar crédito.

—¿Y me has hecho venir aquí para decirme que has tropezado con algo?

—Bueno, en cierto modo sí. Quiero que veas con qué.

Fueron juntos a la parte trasera de la casa. Wallander le señaló el lugar y Martinsson dio un respingo.

—¿Qué coño es eso?

—Parece una mano. Pero comprenderás que no puedo decirte si debajo hay un esqueleto entero.

Martinsson miraba la mano con expresión incrédula.

—No entiendo nada.

—Bueno, una mano es una mano. Y ésa es la mano de una persona muerta. Dado que no estamos en un cementerio, es obvio que aquí hay algo raro.

Se quedaron un rato inmóviles, observando el hallazgo. Wallander se preguntaba qué estaría pensando Martinsson. Después se preguntó qué pensaba él mismo.

Había abandonado por completo la idea de comprar aquella casa.

# 5

Dos horas después el jardín estaba acordonado y los técnicos habían comenzado su trabajo. Martinsson trató de convencer a Wallander de que se fuera a casa, puesto que tenía el día libre, pero él no albergaba la menor intención de seguir su consejo. Total, ya le habían fastidiado el domingo.

Wallander se preguntaba qué habría ocurrido si no hubiera tropezado con aquella mano. Si hubiera comprado la casa antes de descubrir los huesos medio enterrados. ¿Cómo habría reaccionado si al final resultaba que había un esqueleto entero bajo tierra?

Un policía le compra la casa a un colega y descubre que, tiempo atrás, alguien había ocultado un cadáver en el jardín.

Ya veía los titulares de los periódicos.

La forense, que había venido de Lund, se llamaba Stina Hurlén y era, a entender de Wallander, demasiado joven para ese trabajo. Aunque, naturalmente, no dijo nada al respecto. Entre los méritos de la joven forense se contaba, no obstante, el de que siempre procedía con el máximo celo.

Martinsson y Wallander aguardaban mientras Hurlén realizaba a toda prisa un primer examen. Unos metros más allá se oía la voz airada de Nyberg, el jefe del grupo técnico. Wallander la había oído miles de veces. Ahora les faltaba una lona.

«No la han tenido nunca», pensó. «En todos los años que llevo en la policía, siempre han echado en falta la dichosa lona.»

Stina Hurlén se irguió antes de anunciar:

—Desde luego, es la mano de una persona. De un adulto, no de un niño.

—¿Cuánto tiempo lleva ahí?

—No lo sé.

—Pero algo podrás decirnos, ¿no?

—Ya sabes que no me gusta andarme con adivinanzas. Además, no soy especialista en restos óseos.

Wallander la observó en silencio un instante.

—De acuerdo, juguemos a adivinar un poco —le propuso—. Imagino que sólo podrás hacer conjeturas. Pero esas conjeturas pueden ayudarnos a ponernos en funcionamiento. Aunque después se demuestre que eran erróneas.

Stina Hurlén reflexionó unos segundos.

—Vale, voy a adivinar —dijo al fin—. Puede que me equivoque por completo, pero creo que esa mano lleva ahí mucho tiempo.

—¿Qué te hace pensar eso?

—No lo sé. Ni siquiera puedo decir que lo crea. Estoy adivinando, simplemente. Quizá sea porque la experiencia funciona con piloto automático.

Wallander la dejó a lo suyo y se dirigió a donde se encontraba Martinsson, que en ese momento estaba hablando por el móvil. Llevaba en la otra mano un vaso de papel con café. Se lo ofreció a Wallander. Ninguno de los dos le ponía azúcar ni leche al café. Wallander tomó un sorbo. Martinsson concluyó la conversación.

—Hurlén dice que cree que la mano lleva ahí enterrada mucho tiempo —lo informó Wallander.

—¿Hurlén?

—La forense. ¿No habías trabajado con ella antes?

—Como en Lund los cambian continuamente... ¿Adónde van a parar los forenses viejos? Es como si se perdieran en un cielo propio.

—Bueno, vayan a donde vayan los forenses viejos, Hurlén dice que la mano lleva ahí mucho tiempo. Claro que a saber lo que eso implica... Pero supongo que tú conoces la historia de esta casa, ¿no?

—No demasiado bien. Karl Eriksson, el que quiere venderla, la tiene desde hace treinta años, pero no sé a quién se la compró.

Entraron en la casa y se sentaron en la cocina. Wallander pensó que era como si se encontrara en una casa totalmente distinta de la que había visitado hacía escasas horas para sopesar si comprarla o no.

—Tendremos que cavar en todo el jardín —comentó Martinsson—. Pero parece que antes quieren probar un aparato nuevo, una especie de detector de restos humanos. Como un detector de metales, más o menos. Nyberg no confía lo más mínimo en ese chisme, pero el jefe insiste. Y él estará pensando que tendrá la satisfacción de comprobar que esa mierda de máquina no sirve para nada. Así podrá trabajar como se lleva haciendo toda la vida, y podrá coger la pala y ponerse a cavar.

—¿Y qué pasa si no encontramos nada?

Martinsson frunció el ceño.

—¿A qué te refieres?

—¿Tú qué crees? Hay una mano ahí enterrada. Así que debería haber algo más. O sea, un cadáver entero. Quiero decir, ¿cómo iba a llegar aquí volando una mano? ¿La pescó una corneja en algún sitio y luego la dejó caer ahí? ¿O es que crecen manos en este jardín? ¿O será que este otoño llueven manos en Löderup?

—Tienes razón —dijo Martinsson—. Pero seguro que hay algo más.

Wallander miró por la ventana y observó el jardín, pensativo.

—Quién sabe lo que encontraremos —dijo—. Puede que una fosa entera de víctimas de la peste.

Regresaron al jardín. Martinsson intercambió opiniones con Nyberg y con algunos de los técnicos. Wallander pensaba en el perro imaginario, que en aquel momento le parecía más improbable que nunca.

De vuelta a la comisaría, Martinsson y Wallander aparcaron los coches y fueron al despacho de Martinsson. Wallander cayó entonces en la cuenta de lo desordenado que estaba ese despacho. Hubo un tiempo ya lejano en que Martinsson era un policía de lo más pulcro, casi un maniático del orden. Ahora vivía en un caos donde parecía imposible encontrar un solo documento.

Fue como si Martinsson le hubiese leído el pensamiento.

—Está hecho un desastre, ya lo sé —dijo abatido, y apartó unos papeles de la silla—. Trato de ordenarlo, pero haga lo que haga, la cantidad de papeles y archivadores no para de crecer.

—Ya, a mí me pasa lo mismo —dijo Wallander—. Cuando por fin aprendí a usar mínimamente el ordenador, creí que las montañas de papeles irían disminuyendo, pero ha ocurrido casi lo contrario. —Guardó silencio y clavó la vista en el paisaje que había al otro lado de la ventana.

—Anda, vete —dijo Martinsson—. Hoy es tu día libre. Ahora me siento culpable de haberte pedido que fueras a ver la casa.

—La verdad es que la casa me ha parecido muy bien —dijo Wallander, y se puso de pie—. Me gustaba, y estaba casi convencido de que a Linda también le habría gustado. Ya me imaginaba llamándote para confirmarte que me la quedaba. Pero ahora... no sé.

Martinsson lo acompañó a la recepción.

—¿Qué es lo que hemos encontrado exactamente? —reflexionó Wallander—. Una mano, los huesos de una mano. Enterrados en un jardín.

Y no tuvo que decir más, porque no era necesario sacar ninguna conclusión. Se encontraban ante un caso de asesinato que debían resolver. A menos que la mano llevara allí tanto tiempo que resultara imposible determinar la identidad del cadáver o la causa de la muerte.

—Te llamaré —le aseguró Martinsson—. Si no hay novedad, nos vemos mañana.

—A las ocho —dijo Wallander—. Entonces repasaremos lo que tenemos. Si no me equivoco con Nyberg, se pasará la noche cavando.

Martinsson volvió a su despacho. Wallander subió al coche, pero cambió de idea y lo dejó aparcado. Dio una vuelta por la ciudad y compró un periódico vespertino en un quiosco próximo a la estación de ferrocarril.

Las nubes habían vuelto a adensarse. Y notó que empezaba a hacer más frío.

# 6

Wallander abrió la puerta y aguzó el oído. Linda no estaba en casa. Preparó un té y se sentó en la cocina. El descubrimiento de la mano había supuesto una decepción. Por un instante, durante su visita a la casa, había llegado a convencerse: aquello era lo que él llevaba años buscando. Aquella casa y ninguna otra. Y de repente se había convertido en el escenario de un crimen. O, al menos, en un jardín que ocultaba un oscuro secreto.

«No encontraré una casa en la vida», pensó. «Ni casa ni perro, y tampoco una mujer. Todo seguirá como siempre.»

Se tomó el té y se tumbó en la cama. Dado que era domingo, debía ser fiel a su costumbre, o a la costumbre que había impuesto Linda, de cambiar las sábanas. Pero no tenía ganas.


Se despertó al cabo de unas horas. Al otro lado de la ventana reinaba la noche más oscura. Linda seguía sin aparecer por casa. Fue a la cocina y se bebió un vaso de agua, y cuando dejó el vaso en el fregadero, sonó el teléfono.

—Wallander.

—Soy Nyberg. Estamos esperando.

—¿Esperando? ¿A qué?

—Pues a ti, ¿qué creías?

—¿Y por qué me esperáis a mí?

Wallander oyó la respiración fatigosa de Nyberg. Comprendió que estaba cansado e irritado.

—¿No te han llamado de la centralita? —le soltó Nyberg.

—Aquí no ha llamado nadie.

—¿Y cómo narices vamos a trabajar como Dios manda si ni siquiera podemos confiar en que se transmitan los mensajes?

—Olvídate de eso ahora, anda. ¿Qué ha pasado?

—Hemos encontrado un cadáver.

—¿Un cadáver o un esqueleto?

—¿Tú qué crees? Un esqueleto, naturalmente.

—Voy ahora mismo.

Colgó, buscó un jersey en el armario y escribió una nota que dejó en la mesa de la cocina. «ESTOY TRABAJANDO.» Después se encaminó a toda prisa a la comisaría para recoger el coche. Una vez allí, cayó en la cuenta de que había dejado las llaves del coche en casa, encima de la mesa.

Le entraron ganas de echarse a llorar. O de irse de allí sin más. Sin mirar atrás. Y para no volver.

Se sentía un idiota. Un idiota que, por un momento, le inspiró muchísima lástima. Después se acercó a un coche patrulla y pidió a los agentes que lo llevasen al lugar del hallazgo. La ira había venido a sustituir a la autocompasión. Alguien no había cumplido con su deber de avisarle de que tenía que acudir a Löderup.

Se retrepó en el coche, atento a las llamadas de la radio. De pronto le vino a la mente la imagen de su padre.

Hubo una época en que él tenía un padre. Y, un buen día, ese padre se le fue. De pronto el tiempo que había transcurrido desde el padre vivo hasta la urna de cenizas que él había depositado en un hoyo del cementerio se le antojó casi borrado por completo. Era como si todo hubiera ocurrido el día anterior. O como si hubiera sido un sueño.

La luz potente de los focos iluminaba el jardín. Cada vez que acudía de noche al escenario de un crimen en el que sus colegas estuvieran trabajando, experimentaba la sensación de entrar en el rodaje de una película.

Nyberg se le acercó. Se había puesto perdido de tierra y el barro le llegaba hasta el cuello. Nyberg era famoso por llevar el mono siempre sucio, hasta el punto de que, en cierta ocasión, protagonizó una noticia del número de Año Nuevo de la revista local.

—No sé por qué no te han avisado —comentó.

Wallander lo tranquilizó con un gesto.

—No pasa nada. ¿Qué habéis encontrado?

—Ya te lo he dicho.

—¿El esqueleto?

—Exacto.

Wallander lo siguió hasta un lugar muy cerca de la zona del jardín donde él había tropezado. Habían cavado un hoyo de algo más de un metro de profundidad. Al fondo se distinguían los restos de un cadáver. Aparte del esqueleto, que, por lo demás, estaba prácticamente intacto, no había más que los jirones harapientos de unas prendas de ropa.

Wallander dio un rodeo para observar el esqueleto. Nyberg empezó a toser y se sonó la nariz. Martinsson salió bostezando de la casa y observó a Wallander, que no dijo nada hasta que no hubo terminado de recorrer el perímetro del hoyo.

—¿Dónde está Hurlén?

—Acababa de irse a casa —dijo Nyberg en tono irónico—. Pero la llamé en cuanto empezamos a encontrar más huesos. No tardará en volver.

Wallander y Martinsson se acuclillaron junto a la fosa.

—¿Es hombre o mujer?

Fue Martinsson quien formuló la pregunta. Wallander había aprendido sobre hallazgos de esqueletos lo justo para saber que resultaba muy fácil distinguir si se trataba de un hombre o de una mujer: bastaba con mirar la pelvis. Pero ¿qué era lo que debía comprobar exactamente? De pronto, no estaba seguro.

—Un hombre —dijo Wallander al fin—. O eso es lo que espero que sea.

Martinsson lo miró frunciendo el ceño.

—¿Ah, sí? ¿Por qué?

—No lo sé. No me gusta la idea de haber estado a punto de comprar una casa en cuyo jardín había una mujer enterrada. —Cuando se levantó, le crujieron las rodillas—. Qué extraño eso de la mano —añadió—. ¿Por qué salió a la superficie de la tierra?

—Puede que quisiera hacernos una seña, para avisarnos de que allí debajo había algo que no debía seguir enterrado.

En cuanto pronunció esas palabras, Martinsson comprendió que acababa de decir algo absurdo. Sin embargo, Wallander no replicó.

Stina Hurlén apareció entonces en el haz de luz de los focos. Sus botas de goma rechinaban en la tierra recién removida. Al igual que había hecho Wallander, dio una vuelta completa alrededor de la zanja, y luego se puso en cuclillas.

—¿Es hombre o mujer? —quiso saber Wallander.

—Mujer —afirmó Stina Hurlén—. Con total seguridad. Ahora bien, no me preguntes por su edad ni por ningún otro detalle. Estoy demasiado cansada para andar con adivinanzas.

—Sólo una pregunta más —dijo Martinsson—.

Dijiste que creías que la mano llevaba ahí mucho tiempo. El hallazgo del esqueleto, ¿cambia tu primera apreciación, o sigues creyendo que es antiguo?

—No es que lo crea. Es una suposición.

—¿Ves algún detalle que indique la causa de la muerte? —continuó Martinsson.

—Ésa es la pregunta número dos —dijo Stina Hurlén—. Una pregunta de más. No pienso contestar.

—Y digo yo, la mano —intervino Wallander—, ¿por qué sobresalía de la tierra?

—No es infrecuente —respondió Nyberg, al ver que Stina Hurlén guardaba silencio—. Lo que hay bajo tierra se mueve. A veces se debe a las diferencias de nivel entre las aguas subterráneas. Además, el lodo de Escania se desplaza. Se producen sedimentaciones. Personalmente, creo que esa mano ha surgido después de las lluvias tan intensas de este otoño. Aunque, claro, también pueden haber sido los ratones.

En ese momento sonó el móvil de Nyberg, que no concluyó el análisis de las posibles causas de que la mano hubiese aparecido en la superficie.

—¿Qué crees que quería decir con lo de los ratones? —preguntó Martinsson.

—Bueno, yo siempre he sido de la opinión de que Nyberg es un técnico criminalista brillante. Pero también tengo la convicción de que es un desastre a la hora de explicarse.

—Pues yo pienso irme a casa a dormir —dijo Martinsson—. Y creo que tú deberías imitarme. Por ahora aquí no podemos hacer mucho más.

Martinsson acompañó a Wallander a su casa. Conducía a trompicones, como siempre, pero Wallander no dijo nada. Hacía muchos años que no le decía nada al respecto. Martinsson jamás cambiaría su forma de conducir.

## 7

Cuando Wallander entró en casa, Linda todavía estaba despierta. Lo recibió en albornoz y se fijó en que su padre llevaba los zapatos llenos de barro. Se sentaron en la cocina, mientras él le contaba lo sucedido.

—Suena extraño —comentó cuando Wallander hubo terminado—. ¿En una casa que te propuso Martinsson, dices? ¿Y resulta que hay enterrado un cadáver en el jardín?...

—Pues sí, por raro que parezca.

—¿Y quién es?

—¿Cómo narices vamos a saberlo?

—Bueno, bueno, ¿por qué estás tan enfadado?

—No, es que estoy cansado. Y quizá también decepcionado. Me gustaba la casa. Y el precio que pedían por ella resultaba aceptable.

Linda alargó la mano y le dio una palmadita en el brazo.

—Hay más casas —dijo—. Además, ya tienes un sitio donde vivir.

—Ya, pero me he llevado una decepción, la verdad —insistió Wallander—. Hoy, precisamente, me habría venido bien una buena noticia, no unos huesos humanos sobresaliendo de la tierra.

—¿Y por qué no te lo tomas como algo emocionante? En lugar de un jardín normal, te llevas uno que contiene un misterio del que nadie ha oído hablar.

—No te comprendo.

Linda lo observó divertida.

—Quiero decir que no tendrás que preocuparte por que te roben —explicó—. Imagino que los ladrones tienen tanto miedo de los fantasmas como cualquiera.

Wallander puso agua a hervir y le preguntó a Linda si quería té, pero ella rehusó con un gesto. Después se sentó con una taza rosa en la mano.

—Esa taza te la regalé yo, ¿te acuerdas? —le dijo Linda.

—Sí, por Navidad, cuando tenías ocho años. Es la que siempre uso para el té.

—Me costó una corona en un mercadillo.

Wallander saboreó el té y Linda bostezó.

—Ya me alegraba de verme propietario de esa casa —dijo—. Al menos, había empezado a creer que por fin podría alejarme de la ciudad.

—Sí, pero hay más casas —respondió Linda.

—No es tan sencillo.

—¿Y qué tiene de complicado?

—Me parece que exijo demasiado.

—¡Pues no exijas tanto!

Wallander se dio cuenta de que empezaba a enfadarse de verdad. Desde que era adolescente, Linda lo acusaba siempre de complicarse innecesariamente la vida. Y eso lo irritaba, sobre todo porque le recordaba a Mona, la madre de Linda. Además, las dos tenían la misma voz. Si cerraba los ojos, llegaba incluso a dudar de cuál de las dos le hablaba desde el otro lado de la mesa.

—Bueno, vamos a dejarlo —dijo Wallander, y fue al fregadero a enjuagar la taza.

—Yo me voy a la cama —respondió Linda.

Wallander se quedó viendo la tele, con el volumen muy bajo. En uno de los canales había un documental sobre pingüinos.

De repente, se despertó sobresaltado. Eran las cuatro de la madrugada. Se oía el rumor del televisor encendido. Lo apagó y se apresuró a acostarse antes de despabilarse del todo.

8

Eran las ocho y dos minutos del lunes 28 de octubre cuando Wallander cerró la puerta de la sala de reuniones de la comisaría. Había dormido mal después de despertarse en el sofá. Además, se le había estropeado la maquinilla de afeitar. Iba desaliñado y se sentía sucio. En torno a la mesa estaban las personas que siempre había tenido a su lado. Con algunos de ellos llevaba trabajando más de veinte años. Pensó fugazmente que aquellas personas constituían el núcleo de una parte decisiva de su vida. En la actualidad, él era el que acumulaba más años de servicio como policía judicial en Ystad, pero hubo un tiempo en que era el más joven.

Los allí reunidos, aparte del propio Wallander, eran Nyberg, Martinsson y la jefe de policía, Lisa Holgersson. Era la primera mujer a cuyas órdenes había trabajado Wallander. Al principio, cuando Lisa Holgersson llegó a Ystad, allá por la década de 1990, él se mostró tan escéptico como los demás, sobre todo los hombres de la comisaría. Sin embargo, no tardó en comprobar que Lisa era muy competente. Y se dio cuenta de que, con toda probabilidad, jamás tendría mejor jefe que ella. Desde entonces, y a lo largo de los años transcurridos, nunca tuvo motivo para cambiar de opinión, aunque alguna que otra vez se habían enfrentado en duras controversias.

Wallander respiró hondo y se dirigió a Nyberg; luego, a Martinsson, que había hablado poco antes con Stina Hurlén.

Nyberg estaba cansado y miraba a Wallander con los ojos enrojecidos. En realidad, ya debería haberse jubilado, pero había cambiado de idea repentinamente. A Wallander no le sorprendió en absoluto. Estaba seguro de que Nyberg no le encontraría sentido a la vida sin el trabajo, a pesar de todos los sinsabores que le reportaba.

—Un cadáver —dijo Nyberg—. Un esqueleto cubierto de harapos. Descubrir la causa de la muerte a partir de los huesos no forma parte de mi trabajo, pero aparentemente ninguno presentaba fracturas ni aparecía aplastado. Eso es todo lo que puedo decir. La cuestión es, claro está, si debemos cavar en todo el jardín.

—¿Y qué tal funciona el aparato nuevo? —quiso saber Lisa Holgersson.

—Como yo sospechaba, ni más ni menos —masculló Nyberg—. Es un cacharro inútil con el que la policía sueca se ha dejado engañar. ¿Por qué no podemos contar con un perro entrenado para detectar cadáveres?

A Wallander le costaba contener la risa. Nyberg tenía un carácter irritable y a veces resultaba difícil trabajar con él, pero había que reconocer que también tenía un sentido del humor muy particular. Y, a decir verdad, Wallander compartía algunos de sus puntos de vista.

—Stina Hurlén necesita tiempo —dijo Martinsson mientras hojeaba el bloc de notas—. Tiene que analizar los huesos. En cualquier caso, cree que podrá adelantarnos algo de información hoy mismo.

Wallander asintió.

—Vale, eso es lo que tenemos —dijo—. No es gran cosa. Como es lógico, debemos prepararnos para la eventualidad de que nos hallemos ante un caso de asesinato. Mientras esperamos los resultados de Stina Hurlén, podemos empezar a recabar información sobre la historia de la casa y sobre las personas que la han habitado. ¿Hay constancia de algún desaparecido? Es una pregunta interesante. Dado que el propietario de la casa es pariente tuyo, Martinsson, creo que podrías encargarte tú del asunto.

Wallander dejó caer las manos sobre la mesa, en señal de que daba la reunión por terminada. Lisa Holgersson lo retuvo cuando salían de la sala.

—Los medios quieren hablar contigo —le dijo.

—Hemos encontrado un esqueleto. Por ahora no podemos decir nada más.

—Ya sabes que a los periodistas les encantan

los casos de desaparecidos. ¿No podrías darles algún detalle más?

—Pues no. Si nosotros, los policías, tenemos que esperar resultados, los periodistas también.

Kurt Wallander dedicó el resto de la jornada a la investigación del caso de un polaco que había matado a golpes a un ciudadano de Ystad durante una pelea iniciada en plena borrachera. Habían asistido a la fiesta muchas personas, pero cada una recordaba lo ocurrido de una manera, y algunas no recordaban nada en absoluto. El polaco que se había cargado presuntamente a su compañero de borrachera cambiaba su versión una y otra vez. Wallander se pasó horas ocupado en interrogatorios desesperantes con los implicados. Consultó con el fiscal si merecía la pena continuar con ese trabajo, pero el fiscal, que era joven, nuevo en el puesto y muy riguroso, insistió en que siguiera adelante. Un hombre, borracho o no, que le había quitado la vida a otro ser humano, también borracho, debía recibir su castigo. Como es lógico, Wallander no tenía argumentos en contra, pero sabía por experiencia que jamás averiguarían la verdad, por más horas que él o cualquiera de sus compañeros dedicaran a ese homicidio.

De vez en cuando, Martinsson entraba en el despacho de Wallander y le comunicaba que Stina Hurlén todavía no había dado noticias. Poco después de las dos, Linda asomó la cabeza por la puerta y le preguntó si no pensaba ir a comer. Él negó con un gesto y le pidió que, si salía, le comprara un bocadillo. Cuando Linda se alejó, se dijo que aún no había logrado acostumbrarse a que su hija fuese ya una mujer adulta, policía, por si fuera poco, y que además trabajara en la misma comisaría que él.

Linda le dejó el bocadillo en una bolsa sobre la mesa. Wallander apartó el abultado archivador con todo el material de la fiesta que había acabado en homicidio. Se comió el bocadillo, cerró la puerta y se retrepó en el sillón, dispuesto a descansar un poco. Como de costumbre, sostenía el llavero en una mano. Si se dormía, se le caería al suelo, y entonces habría llegado la hora de despertarse.

No tardó en dormirse. En el instante en que el llavero cayó al suelo, Martinsson abrió la puerta.

Wallander comprendió que ya tenían noticias de Stina Hurlén.

## 9

El informe preliminar, en modo alguno definitivo, que había emitido la forense había llegado de Lund por mensajero. Martinsson lo tenía en su mesa.

—Creo que será mejor que lo leas tú mismo —dijo Martinsson.

—O sea, que el hallazgo del esqueleto nos lleva a lo que creíamos, ¿no? Un caso de asesinato.

—Eso parece.

Martinsson fue por unos cafés mientras Wallander leía el informe. Stina Hurlén se expresaba con claridad y sencillez. En más de una ocasión, Wallander se había preguntado por qué algunos policías, forenses, fiscales y abogados defensores escribían de un modo tan inextricable. Soltaban torrentes de palabras en lugar de escribir frases sencillas y claras.

Le llevó poco más de diez minutos terminar la lectura del informe. Siempre que tenía entre manos algún documento importante, se obligaba a leer despacio, lo bastante como para que su mente pudiera ir asimilando la información.

Stina Hurlén confirmaba que el esqueleto pertenecía a una mujer. Estimaba que rondaría los cincuenta años cuando murió. Para establecer la edad exacta, habría que efectuar más pruebas. Sin embargo, en aquella fase analítica ya podía determinar la causa probable de la muerte. Aquella mujer había muerto ahorcada. Así lo indicaba una lesión detectada en la nuca. Naturalmente, no podía descartar que dicha lesión se hubiese producido después de la muerte, pero no lo consideraba probable. Aún no le era posible determinar cuánto tiempo llevaba muerta. No obstante, existían, según ella, indicios suficientes de que llevaba muchos años enterrada.

Wallander dejó el informe en la mesa y tomó la taza que Martinsson le había traído.

—En resumen, ¿qué sabemos? —preguntó Wallander.

—Asombrosamente poco. Una mujer muerta, encontrada en un hoyo cavado en un jardín de Löderup. Tenía en torno a cincuenta años cuando murió, aunque no sabemos cuándo fue eso. Si no he malinterpretado el informe de Hurlén, puede llevar bajo tierra cien años. O más.

—O menos —observó Wallander—. ¿Cómo se llama el propietario de la casa? Tu pariente...

—Karl Eriksson. Es primo de mi mujer.

—Pues supongo que lo mejor que podemos hacer es hablar con él.

—No —respondió Martinsson—. No creo que sea muy buena idea.

—¿Y eso?

—Está enfermo. Es muy mayor.

—Bueno, ser mayor y estar enfermo no es lo mismo. ¿Qué quieres decir exactamente?

Martinsson se acercó a la ventana y miró hacia fuera.

—Quiero decir que Karl Eriksson, el primo de mi mujer, tiene noventa y dos años. Hasta hace unos meses aún estaba lúcido, pero de pronto algo se torció. Un día salió a la calle desnudo y, cuando trataron de ayudarle, el hombre no sabía quién era ni dónde vivía. Aunque vivía solo, hasta ese momento se las había apañado bastante bien. Los síntomas de demencia suelen aparecer poco a poco, pero en su caso se presentaron de golpe.

Wallander lo miró extrañado.

—Pero si se volvió senil tan de repente, ¿cómo pudo pedirte que te ocuparas de la venta de la casa?

—Ya te lo he contado. Firmamos un documento hace muchos años. Puede que presintiera que podía pasarle algo así, que podía perderse en la niebla, y quería dejar sus asuntos arreglados.

—¿No tiene momentos de lucidez?

—Ni uno. No reconoce a nadie. Sólo habla de su madre, que murió hace cincuenta años. Dice que tiene que ir a por la leche. Lo repite siempre que está despierto. Vive en una residencia para personas que han dejado de habitar en la realidad.

—Ya, pero tiene que haber alguien que pueda responder a nuestras preguntas.

—Pues no. Karl Eriksson y su mujer, que murió allá por los años setenta, no tuvieron hijos. Bueno, sí, tuvieron dos hijas que se ahogaron en un accidente horrible, en un pozo de desagüe, hace muchos años. Y no hay más parientes. Vivían aislados, y sólo tenían contacto conmigo y mi familia.

Wallander empezaba a impacientarse. Además, tenía hambre. Hacía mucho que se había comido el bocadillo que le había traído Linda.

—Pues tendremos que empezar por la casa —dijo, y se puso de pie—. Tiene que haber escrituras. Todo el mundo tiene una historia: también las casas la tienen. Vamos a hablar con Lisa.

Se sentaron en el despacho de Lisa Holgersson. Wallander esperó a que Martinsson le pusiera al corriente del informe de Stina Hurlén y de la senilidad de Karl Eriksson. Con los años habían adquirido la costumbre de turnarse a la hora de exponer cómo estaban las cosas en las diversas fases de la investigación, para que el otro pudiera escuchar y hacerse una idea de la situación con algo de distancia.

—No podemos dedicar recursos a este asunto —afirmó Lisa Holgersson cuando Martinsson hubo terminado—. Además, todo indica que el posible asesinato ya ha prescrito.

Wallander pensó que eso era precisamente lo que sabía que su jefa le diría. Había reparado en que, desde hacía unos años, los recursos de la policía se utilizaban cada vez menos para lo que se suponía que era lo más importante: el trabajo de campo. Veía a un número creciente de colegas atados al escritorio o trabajando según unas prioridades tan desconcertantes como absurdas que, además, cambiaban constantemente. Un homicidio antiguo, si era eso lo que había emergido a la superficie en Löderup, era un asunto al que iban a dedicar recursos muy limitados.

Se esperaba aquella respuesta y, aun así, se enfadó.

—Lo único que queremos es mantenerte informada —dijo—. Te estamos contando lo que sabemos y creemos que, como mínimo, deberíamos llevar a cabo una investigación, por básica que sea. No pedimos grandes medios. Al menos, no hasta que recibamos el informe definitivo del Instituto de Medicina Legal de Lund. Y el de Nyberg. Creo que lo menos que podemos hacer es averiguar la identidad de la persona que hay enterrada en el jardín. Si es que queremos seguir llamándonos policías.

Lisa Holgersson dio un respingo y lo miró muy tensa.

—¿Qué quieres decir con eso?

—Que demostramos que somos policías con nuestros actos. No con las estadísticas a las que nos vemos obligados a dedicar la jornada laboral.

—¿Estadísticas?

—Sabes tan bien como yo que el número de casos que podemos resolver es muy bajo. Porque nos obligan a dedicarnos a papeleo burocrático sin importancia.

Wallander se encontraba al borde de un acceso de ira, pero logró contenerse tan bien que Lisa Holgersson no se percató de lo enfadado que estaba.

Martinsson, en cambio, se dio perfecta cuenta.

Wallander se levantó apresuradamente.

—Vamos a echar otro vistazo a la casa —dijo con amabilidad forzada—. Quién sabe lo que podemos descubrir.

Salió del despacho y recorrió el pasillo a grandes zancadas. Martinsson iba detrás, tratando de alcanzarlo.

—Creí que ibas a explotar —dijo Martinsson—. Que te daría un ataque de ira, uno de esos que son desagradables de verdad así, un lunes de octubre, con el invierno a la vuelta de la esquina.

—No hables tanto —rezongó Wallander—. Ve a buscar la cazadora para que podamos irnos cuanto antes.

## 10

Cuando llegaron a Löderup, la mayoría de los focos estaban apagados. Una lona cubría el hoyo en el que habían encontrado el esqueleto. Un único coche de la comisaría vigilaba el cordón policial. Nyberg y los demás técnicos ya se habían marchado. Wallander todavía llevaba en el bolsillo las llaves de la casa. Le dio a Martinsson el llavero.

—Ya no estoy aquí para ver la casa —dijo—. Las llaves son tuyas, así que abres tú.

—¿Por qué tienes que complicarlo todo tanto? —preguntó Martinsson, sin esperar respuesta.

Entraron en la casa y encendieron las luces.

—Escrituras —dijo Wallander—. Papeles que cuenten la historia de la casa. En eso vamos a invertir un rato. Después esperaremos hasta que los técnicos y los forenses hayan dicho lo que tengan que decir.

—Le he pedido a Stefan que rebusque un poco entre los informes antiguos sobre personas desaparecidas —dijo Martinsson—. Creo que Linda iba a ayudarle.

Stefan Lindman había llegado a la policía de Ystad más o menos al mismo tiempo que Linda. Wallander no tardó en advertir que entre Linda y él existía algo parecido a una relación. Ella sólo respondía con evasivas cuando Wallander trataba de tocar ese tema. El caso es que a Wallander le gustaba Stefan Lindman. Lo consideraba un buen policía. Pero le costaba reconciliarse con la idea de que ya no era el hombre más importante de la vida de su hija.

Empezaron cada uno por un extremo de la casa: Martinsson, por el dormitorio; Wallander, por lo que parecía una combinación de salita y despacho.

Cuando Martinsson lo dejó solo, Wallander se quedó inmóvil unos instantes y se concentró en pasear la mirada por la habitación. ¿Habría vivido allí en otro tiempo una mujer que, por alguna razón, acabó asesinada y enterrada en el jardín? Si vivió allí, ¿por qué nadie la había echado de menos? ¿Qué habría ocurrido en aquella casa? ¿Y cuándo? ¿Hacía veinte años, cincuenta? ¿O tal vez cien?

Wallander empezó a buscar de forma metódica. Primero con la vista. La gente siempre dejaba muchas huellas. La gente era, además, como los hámsters. Guardaban cosas, también documentos. Reparó en un escritorio que había delante de la ventana. Empezaría por echar un vistazo ahí. Era un mueble de color castaño oscuro, a todas luces antiguo. Se sentó en la silla y trató de abrir los cajones. Estaban cerrados con llave. Miró sobre el escritorio por si la veía por allí. Luego, buscó a tientas debajo del tablero. Ni rastro de ninguna llave. Levantó la pesada lámpara de bronce. Debajo, sujeta con una fina cinta de seda, estaba la llave.

Abrió la puerta de la cajonera, que tenía cinco cajones. El primero estaba lleno de lápices usados, tinteros vacíos, gafas y polvo. Wallander pensó que nada lo deprimía tanto como unas gafas viejas por las que ya nadie preguntaba. Abrió el siguiente cajón, que contenía un taco de copias de declaraciones de la renta. Vio que la más antigua databa de 1952. Ese año, Karl Eriksson y su mujer declararon unos ingresos de dos mil novecientas coronas. Trató de calcular si era lo normal o si se trataba de una cantidad demasiado baja. Al final, concluyó que más bien lo segundo. El tercer cajón contenía varios dietarios. Wallander hojeó algunos; en ellos no había anotado nada personal, ni siquiera fechas de cumpleaños, sólo la compra de semillas, los gastos de reparación de una cosechadora, la rueda nueva de un tractor... Dejó los dietarios en su sitio. Cada vez que hurgaba en las pertenencias de otras personas se preguntaba cómo podía soportar nadie ser ladrón. Husmear a diario en la ropa y los objetos de otros.

Wallander abrió el cuarto y penúltimo cajón. Allí descubrió lo que buscaba. Un cartapacio donde alguien, con tinta, había escrito: «Documentos de la propiedad». Lo sacó con cuidado, acercó la lámpara, la enfocó bien, abrió el cartapacio y empezó a hojear el contenido. Lo primero que halló fue un contrato de compraventa, fechado el 18 de noviembre de 1968. En virtud de ese contrato, Karl Eriksson y Emma, su mujer, compraban la casa y la parcela a los herederos del propietario, Gustav Valfrid Henander. Los herederos de dicho propietario eran la viuda de éste, Laura, y tres hijos, Tore, Lars y Kristina. El precio de compra era de cincuenta y cinco mil coronas. Karl Eriksson se subrogó en un préstamo hipotecario de quince mil coronas. El negocio se cerró en la caja de ahorros de Ystad.

Sacó un bloc de notas y un bolígrafo del bolsillo de la cazadora. Antes casi siempre se le olvidaba llevarse lo necesario para escribir, y por lo general debía contentarse con tomar notas en papeles sueltos o en el reverso de los recibos que tenía en los bolsillos. Pero Linda le había comprado varios cuadernos pequeños y había metido uno en cada uno de los abrigos y cazadoras. Anotó dos cifras. En el encabezado, la fecha del día: 28 de octubre de 2002. Debajo: 18 de noviembre de 1968. Era el primer marco temporal, que abarcaba treinta y cuatro años, toda una generación. Asimismo, anotó todos los nombres que figuraban en el documento de compraventa y devolvió éste al cartapacio, antes de seguir examinando atentamente los demás papeles. La mayoría de ellos carecían de interés, pero siguió avanzando metódicamente. Moverse entre ese tipo de documentación era tan arriesgado como avanzar por un oscuro bosque. Uno podía tropezar, caer, desorientarse.

De pronto, desde algún lugar de la casa, le llegó el timbre del móvil de Martinsson. Wallander supuso que sería la mujer de su colega. Hablaban por teléfono infinidad de veces al día. En cada ocasión, Wallander se preguntaba qué tendrían que decirse a todas horas. Él no recordaba haber llamado a Mona desde el trabajo ni una sola vez en todos los años que estuvieron casados, ni ella a él tampoco. El trabajo era el trabajo, y a hablar podían dedicarse antes o después. Se preguntaba si no habría sido ésa una de las razones que contribuyeron al fracaso de su matrimonio. Que la llamaba muy poco. Y ella a él.

Siguió hojeando. Se detuvo. De repente apareció una simple fotocopia de unas viejas escrituras, fechadas en 1949, a nombre de Gustav Valfrid Henander. Le había comprado la propiedad a Ludvig Hansson, que firmaba como viudo y único propietario de la finca. El nuevo propietario, Henander, había pagado veintinueve mil coronas por la finca y, en esta ocasión, se había cerrado el negocio en la caja de ahorros de Skurup.

Wallander fue tomando nota de todo. Allí se perfilaba otro marco temporal. Desde 2002, había dado un salto de cincuenta y tres años hacia atrás en el tiempo. Sonrió para sus adentros. Cuando Ludvig Hansson vendió la propiedad a Gustav Valfrid Henander, Wallander era un niño. Aún vivía en Limhamn. En realidad, no tenía ningún recuerdo propio de aquella época.

Siguió buscando. Martinsson había puesto fin a la conversación telefónica y en esos momentos silbaba ensimismado. Según le pareció a Wallander, era una canción que había interpretado Barbra Streisand. Quizá «Woman in Love». Martinsson era bueno silbando.

Wallander siguió revisando el cartapacio. No había documentos más antiguos. Ludvig Hansson había dejado la finca en 1949. Y no halló en el cajón respuesta a lo que pudo haber sucedido antes de aquella fecha.

Revisó el quinto cajón sin encontrar nada. Tampoco la rinconera ni la cómoda desvelaron nada de interés.

Martinsson entró en la habitación, se sentó en una silla y bostezó. Wallander le contó lo que había descubierto. Martinsson meneó la cabeza cuando él le entregó los documentos.

—No me hace falta mirarlos. Los nombres de Ludvig Hansson y de Henander no me dicen nada.

—Seguiremos buscando en el registro de la propiedad —dijo Wallander—. Mañana. Pero al menos ahora tenemos una especie de historia que se extiende cincuenta años en el tiempo. Y tú, ¿has encontrado algo?

—No. Unos álbumes de fotos, pero nada que pueda ayudarnos a identificar a la mujer.

Wallander ató la cinta del cartapacio que contenía todos los documentos.

—Tenemos que hablar con los vecinos —dijo—. Por lo menos, con los más cercanos. ¿Sabes si Karl Eriksson mantenía una relación especialmente estrecha con alguno de ellos?

—Como mucho, con los de la casa roja, la que queda a la izquierda después del desvío, la que todavía tiene fuera un viejo taburete para ordeñar.

Wallander sabía a qué casa y a qué taburete se refería. Además, recordaba vagamente que, en alguna ocasión, alguien de aquella granja le había comprado un cuadro a su padre, aunque no habría sabido decir si la pintura tenía urogallo o no.

—Allí vive una anciana que se llama Elin Trulsson —dijo Martinsson—. Ha ido a visitar a Karl varias veces, pero también es muy mayor, aunque quizá no esté senil del todo.

Wallander se levantó.

—Mañana —dijo—. Hablaremos con ella mañana.

## 11

Linda sorprendió a Wallander: cuando llegó a casa, tenía la cena preparada. Pese a que era día laborable, se sintió tentado de abrir una botella de vino, pero Linda habría empezado a reñirle enseguida, así que abandonó la idea y le habló de la visita que él y Martinsson acababan de hacer a Löderup.

—¿Algún hallazgo?

—Bueno, ya tengo una idea de quiénes han sido los propietarios de la finca durante los últimos cincuenta y pico años, aunque todavía no sabemos si eso aportará algo.

—Yo he hablado con Stefan. No ha encontrado ningún informe ni ninguna denuncia sobre una mujer desaparecida que encaje con la del caso.

—Ya. Tampoco es que yo tuviera muchas esperanzas.

Siguieron cenando en silencio y no retomaron la conversación hasta que se sirvieron el café.

—Podrías haber comprado la casa —comentó Linda—. Podrías haber pasado en ella hasta el último día sin sospechar siquiera que tenías un cementerio en el jardín, podrías haber vivido allí sin saber que en verano te paseabas descalzo por una capa de césped que ocultaba una tumba.

—Estaba pensando en la mano —dijo Wallander—. Algo la empujó a la superficie. Pero, claro, si uno es proclive a creer en fantasmas, puede pensar que la mano asomó para llamar la atención del policía que estaba visitando la casa.

En ese momento, sonó el teléfono de Linda e interrumpió la conversación. Ella descolgó, escuchó unos instantes y cortó la comunicación.

—Era Stefan. Me voy a su casa.

Wallander notó enseguida la sensación corrosiva de los celos. Hizo una mueca involuntaria que a Linda no le pasó inadvertida.

—¿Qué ocurre? —le preguntó ella.

—Nada.

—Pues claro que sí. Te lo he notado en la cara.

—Es que se me ha metido algo entre los dientes.

—Me sorprende que todavía no sepas que a mí no puedes mentirme.

—No soy más que un viejo padre celoso. Eso es todo.

—Búscate una mujer. Ya te lo he dicho. Si no empiezas a follar pronto con alguien, te vas a morir.

—Ya sabes que no me gusta que utilices ese vocabulario.

—Bueno, yo creo que necesitas a alguien con quien discutir de vez en cuando. Hasta luego.

Linda se marchó. Tras reflexionar un instante, Wallander se levantó, abrió la botella de vino, sacó una copa y se fue al salón. Buscó un disco con el último cuarteto de cuerda de Beethoven y se sentó en el sillón. Mientras oía la música, empezó a darle vueltas a las cosas. El vino lo amodorró; cerró los ojos y cayó en un duermevela.

De repente abrió los ojos. Estaba despabilado. Se había terminado la música, se había parado el disco. Una idea empezó a cobrar forma en su subconsciente. La mano con la que había tropezado... Tenía una explicación que Nyberg consideraba plausible. El nivel de las aguas subterráneas podía ascender y descender, la tierra fangosa se sedimentaba e impulsaba hacia arriba capas hasta ahora más profundas. Así había llegado a sobresalir la mano. Pero ¿por qué sólo la mano? La idea que había comentado durante la cena, ¿no sería más lúcida de lo que él mismo sospechaba? ¿No habría salido la mano para avisar, simplemente?

Se tomó otra copa de vino antes de telefonear a Nyberg. Siempre era un riesgo molestarlo llamándolo a casa, porque podía enfadarse, y mucho. Aguardó mientras oía los tonos de llamada.

—Nyberg.

—Soy Kurt. Espero no molestar.

—Joder si molestas. ¿Qué pasa?

—Lo de la mano que sobresalía de la tierra. Con la que tropecé, ya sabes. Dijiste que el barro se mueve, que se va deslizando de un lado a otro, que los niveles de las aguas subterráneas son siempre cambiantes. De todos modos, lo que no me explico es que la mano haya salido a la superficie precisamente ahora.

—¿Y quién ha dicho que haya sido ahora? Yo no, en ningún momento. Puede que llevara ahí muchos años.

—Ya, pero entonces la habría visto alguien, ¿no?

—Averiguarlo es asunto tuyo. ¿Eso es todo?

—No exactamente. ¿Tú crees que es posible que alguien escarbara y colocara allí la mano a propósito? O sea, para que la descubrieran. ¿No viste si habían removido la tierra recientemente?

Nyberg respiraba con esfuerzo. Wallander empezó a temer que se pusiera furioso.

—Esa mano ha ido de acá para allá ella solita —dijo Nyberg.

No se había enfadado.

—Bueno, pues eso era lo que quería saber —dijo Wallander—. Gracias por dedicarme unos minutos.

Colgó el teléfono y volvió a concentrarse en la copa de vino.

Linda regresó poco después de medianoche, pero para entonces él ya se había ido a dormir, no sin antes haber fregado la copa y haber quitado de en medio la botella vacía.

## 12

A las diez y cuarto del día siguiente, 29 de octubre, con las calles enfangadas debido al aguanieve, Martinsson y Wallander pusieron de nuevo rumbo a Löderup para hablar con Elin Trulsson y quizá también con algún otro vecino, con la idea de averiguar algo sobre las personas que habían habitado la casa en el pasado.

Poco antes, esa misma mañana, habían celebrado una reunión, muy breve, en la que Lisa Holgersson había insistido en que no pensaba destinar ningún recurso extraordinario al hallazgo del esqueleto hasta que no recibieran el informe forense definitivo.

—El invierno —se quejó Martinsson—. Odio esta nieve fangosa. No paro de comprar boletos de lotería de esos de rasca y gana. Y no me imagino que me llueven billetes de mil, sino una casa en algún lugar de España, o en la Riviera francesa.

—¿Y qué harías tú allí?

—Jarapas. Y pensar en toda la nieve fangosa que no me empaparía los pies.

—Te aburrirías —dijo Wallander—. Y harías jarapas con estampado de paisajes nevados, y te morirías de ganas de volver a este clima asqueroso.

Giraron a la altura de la casa roja, que estaba a unos cientos de metros de la finca de Karl Eriksson. En ese momento un hombre de mediana edad se disponía a subirse a un tractor. Los observó extrañado.

Se presentaron con un apretón de manos. Era Evert Trulsson, el propietario de la granja. Wallander le explicó el motivo de su visita.

—¿Quién iba a pensar algo así de Karl? —dijo cuando Wallander terminó de hablar.

—¿A pensar qué?

—Que tenía un cadáver enterrado en el jardín.

Wallander echó una ojeada a Martinsson, tratando de comprender la extraña lógica de la afirmación de Evert Trulsson.

—¿Podrías explicarnos qué has querido decir? ¿Insinúas que él enterró ahí ese cadáver?*

—Yo qué sé. ¿Qué sabe uno en realidad de sus vecinos? Antes todo el mundo lo sabía casi todo de los que vivían a su alrededor. Pero hoy no tenemos ni idea.

Wallander pensó que se hallaba ante una de esas personas extremadamente conservadoras que están convencidas de que, antiguamente, todo era mejor. Decidió no dejarse enredar en una conversación absurda.

---

* En Suecia, el tuteo es común, incluso entre personas que no se conocen. (N. de la T.)

—Elin Trulsson —dijo—. ¿Quién es?

—Mi madre.

—Al parecer, en ocasiones va a la residencia a visitar a Karl Eriksson. En otras palabras, que son amigos.

—Mi madre es una mujer mayor que se preocupa por sus semejantes. Creo que va a ver a Karl porque sabe que el hombre no recibe más visitas que las suyas.

—Entonces, eran amigos, ¿no?

—Éramos vecinos, que no es lo mismo.

—Claro, pero tampoco eran enemigos —intervino Martinsson.

—No. Éramos vecinos. Su parcela linda con la nuestra. Las dos familias éramos responsables de este camino. Compartíamos el cuidado de los asuntos comunes, nos saludábamos y nos ayudábamos cuando era preciso. Pero nada más.

—Según la información de que disponemos, los Eriksson llegaron aquí en 1968, es decir, hace treinta y cuatro años. Y le compraron la finca a un tal Gustav Henander.

—Lo recuerdo. Henander era pariente nuestro. Creo que mi padre era medio hermano de alguien que se apellidaba Henander, pero que era hijo adoptivo. La verdad es que no estoy muy enterado. Puede que mi madre se acuerde. Mi padre murió hace mucho.

Se encaminaron a la casa.

—Gustav y Laura Henander tuvieron tres hijos

—dijo Martinsson—, dos niños y una niña, pero ¿recuerdas si alguien más frecuentaba la casa? Por ejemplo, una mujer...

—No. Y nosotros veíamos a todo el que pasaba. No se relacionaban con nadie, nunca recibían visitas.

Entraron en la cocina caldeada. Dos gatos muy gordos los observaron desde la ventana con ojos vigilantes. Enseguida apareció una mujer de mediana edad. Era la mujer de Evert Trulsson. Se llamaba Hanna. Al presentarse, dio a Wallander un apretón fláccido y sin fuerza.

—Hay café hecho —dijo Evert Trulsson—. Sentaos, voy a buscar a mi madre.

Evert Trulsson tardó quince minutos en volver a la cocina con Elin, su madre. Wallander y Martinsson habían tratado de mantener una conversación con Hanna, sin mucho éxito. Wallander pensó que, en los quince minutos transcurridos, lo único que habían conseguido averiguar era que uno de los gatos se llamaba *Jeppe* y el otro *Florry*.

Decididamente, Elin Trulsson era muy anciana. Tenía la cara surcada de profundas arrugas que se hundían en la piel. Wallander pensó que era muy hermosa. Como el tronco de un árbol añoso. No era la primera vez que pensaba algo así. La idea lo sorprendió por primera vez mientras observaba el rostro de su padre. Existía una belleza que sólo la senectud podía otorgar. La vida entera podía leerse en los surcos de una cara.

Se estrecharon las manos. A diferencia de Hanna, la suegra de ésta, Elin Trulsson, apretó la mano de Wallander con fuerza.

—No oigo muy bien —se excusó—. Por el izquierdo no oigo nada de nada; por el derecho sí, pero sólo si no habláis todos a la vez.

—Mi madre ya está al corriente —dijo Evert Trulsson.

Wallander se inclinó para acercarse a la mujer. Martinsson ya estaba listo para tomar notas en su bloc.

Sin embargo, no escribió nada en él. Elin Trulsson no tenía nada interesante que contar. Karl Eriksson y su mujer llevaron una vida que no parecía esconder ningún secreto, y tampoco había nada que decir sobre la familia Henander. Wallander trató de animarla a retrotraerse algo más en el tiempo, hasta la persona de Ludvig Hansson, quien vendió la finca a Henander en 1949.

—En aquella época yo no vivía aquí —dijo Elin Trulsson—. Trabajaba en el centro de Malmö.

—¿Durante cuánto tiempo fue Ludvig Hansson propietario de la finca? —preguntó Wallander.

Elin Trulsson miró inquisitiva a su hijo, quien meneó la cabeza.

—Yo creo que aquí vivieron muchas generaciones de la familia Hansson —dijo—. Pero eso se puede averiguar, supongo.

Wallander comprendió que no conseguirían mucho más. Le hizo una seña a Martinsson, dieron las gracias por el café, se despidieron con un apretón de manos y se marcharon junto con Evert Trulsson. Había dejado de caer aguanieve y había empezado a llover.

—Si mi padre estuviera vivo... —dijo Trulsson—. Tenía una memoria de elefante. Además, era muy aficionado a investigar en la historia de la comarca. Lástima que nunca anotara nada. En cambio, sabía contar las cosas. Era un excelente narrador. Si no hubiéramos sido tan torpes, habríamos grabado todo lo que relataba.

Wallander estaba a punto de subir al coche para marcharse cuando cayó en la cuenta de que le quedaba una pregunta por hacer.

—¿Recuerdas que se haya producido alguna desaparición en la zona? Hace poco, o hace muchos años. Cuando alguien desaparece de forma misteriosa, la gente suele comentarlo.

Evert Trulsson reflexionó unos segundos antes de responder.

—Bueno, sí, una adolescente desapareció a mediados de la década de los cincuenta. Nadie supo nunca qué le pasó. Si se quitó la vida, si huyó, o qué pudo haberle ocurrido. Creo que tenía catorce o quince años. Se llamaba Elin, como mi madre. Pero no sé de nadie más.

Wallander y Martinsson tomaron el camino de Ystad.

—Vamos a dejarlo aquí —decidió Wallander—. No haremos nada más, no hasta que se haya pronunciado el Instituto de Medicina Legal de Lund. Si al final resulta que se trata de un suicidio, bastará con que intentemos averiguar la identidad de la persona cuyo esqueleto desenterramos. Pero si no lo conseguimos, no tendrá mayor importancia.

—Está claro que nos encontramos ante un delito —dijo Martinsson—. Por lo demás, estoy de acuerdo contigo: ahora toca esperar.

En los días siguientes se enfrascaron en otros asuntos. El viernes 1 de noviembre, una gran tormenta de nieve se abatió sobre Escania. Se paralizó el tráfico y todos los recursos policiales se pusieron al servicio de la situación provocada por la tormenta. La nevada cesó a primera hora de la tarde del día siguiente, el 2 de noviembre. El domingo empezó a llover. El manto de nieve fue derritiéndose hasta que desapareció.

La mañana del lunes 4 de noviembre, Linda y Wallander fueron juntos a la comisaría. Aún no habían llegado a la recepción cuando por el pasillo apareció a toda prisa Martinsson. Llevaba en la mano unos documentos.

Wallander vio enseguida que procedían del Instituto de Medicina Legal de Lund.

## 13

Stina Hurlén y sus colegas de Lund habían hecho un buen trabajo. Todavía necesitaban tiempo para examinar con más detalle el esqueleto encontrado, pero el informe corroboraba datos que permitieron a Wallander y a sus colegas hacerse una idea de lo que tenían entre manos.

En primer lugar, el informe confirmaba que efectivamente se había cometido un homicidio. A aquella mujer la habían asesinado. Presentaba el tipo de lesión que se aprecia en las personas que han muerto ahorcadas, una lesión, en las vértebras de la nuca, que había acabado con su vida. Wallander hizo un comentario bastante tétrico al decir que, si bien era habitual que los suicidas se colgaran, no lo era tanto que se enterraran a sí mismos en un hoyo, ni en su propio jardín ni en un jardín ajeno.

Asimismo, supieron que la edad estimada de cincuenta años era la correcta. La mujer había muerto a esa edad. El esqueleto no presentaba lesiones de desgaste, lo que significaba que no tuvo en vida un trabajo que exigiera gran esfuerzo físico.

Comoquiera que fuese, el último dato del informe hizo pensar a Wallander y a sus colegas que tenían algo serio a lo que aferrarse, aquello que todos los policías buscan cuando investigan un delito: la mujer llevaba más de cincuenta y cinco años bajo tierra; en realidad, el informe daba un margen de entre cincuenta y cinco y setenta y cinco años. Wallander ignoraba cómo habrían llegado los expertos a esa conclusión, pero la daba por buena: los forenses no solían equivocarse.

Llamó a Martinsson y a Linda a su despacho y los tres se sentaron en torno al escritorio. Linda no trabajaba en el caso, pero tenía mucha curiosidad. Y Wallander había aprendido a apreciar sus comentarios espontáneos. A veces sus reflexiones resultaban decisivas.

—Ese plazo de tiempo... —dijo Wallander, una vez que se hubieron sentado los tres— ¿qué significa?

—Pues que murió entre 1927 y 1947 —dijo Martinsson—. Eso hace que el problema sea más fácil y, a la vez, más difícil. Más fácil, porque tenemos un tiempo, un marco temporal limitado, en el que buscar. Más difícil, porque han transcurrido demasiados años.

Wallander sonrió.

—Vaya, qué bien te expresas —comentó—. Qué novedad. Esa idea de buscar en el tiempo... Quizá deberías dedicarte a la poesía en otra vida. —Después se inclinó sobre la mesa con energía repentina. Ya tenían algo con lo que empezar a trabajar. Allí estaba el asidero—. Habrá que desentrañar más de un misterio —dijo—. Tendremos que examinar y desempolvar documentos antiguos. Lo que ocurrió, sea lo que sea, sucedió casi cuando nosotros aún no habíamos nacido, y mucho menos Linda. Pero estoy empezando a sentir un vivo interés por saber quién era esa mujer y qué le pasó.

—A ver, estoy calculando mentalmente —dijo Linda—. Si suponemos que la asesinaron en 1940, por elegir un año dentro del arco temporal, y si imaginamos que lo hizo un adulto, alguien, digamos, que ese año tuviera treinta, estaríamos buscando a una persona que hoy tendría más de noventa y dos años. Una persona casi centenaria. Lo que significa que seguramente ya lleva muerta mucho tiempo.

—Cierto —dijo Wallander—. Pero no vamos a aparcarlo sólo porque quepa la posibilidad de que el asesino haya fallecido. Primero hemos de dar respuesta a la pregunta de quién es la mujer. Puede haber parientes, quizá hijos, que se tranquilizarán al saber lo que ocurrió.

—Seremos algo así como arqueólogos policiales —dijo Martinsson—. Resultará interesante ver qué opina Lisa sobre la prioridad que debe concedérsele al asunto.

Tal y como Wallander sospechaba, prioridad cero. Aunque Lisa Holgersson era consciente de que había que investigar más el caso, no podían dedicar a ello recursos adicionales; ya había demasiadas investigaciones abiertas.

—La Dirección Nacional de la Policía me presiona con las estadísticas —dijo con un suspiro—. Tenemos que demostrar que resolvemos los casos. Ya no basta con que declaremos que todas las investigaciones que archivamos están resueltas.

Tanto Martinsson como Wallander se sobresaltaron. Wallander sospechaba que Lisa Holgersson se había ido de la lengua. O quizá simplemente quería compartir su angustia.

—¿Es eso posible? —preguntó Wallander bajando la voz.

—Todo es posible. El día menos pensado, la auditoría nacional descubrirá que registramos como resueltas todas las investigaciones archivadas.

—Pero eso nos perjudica—dijo Wallander—. La gente nos atacará a nosotros, los policías.

—No —objetó Martinsson—. La gente no es tonta. Ve que cada vez hay menos presencia policial y que el problema no somos nosotros.

Lisa Holgersson se puso de pie. La reunión había terminado. No tenía el menor interés en continuar con aquella conversación tan desagradable sobre el fraude de los casos no resueltos que declaraban como resueltos.

Martinsson y Wallander se encaminaron a una

de las salas de reuniones. En el pasillo se cruzaron con Linda. Estaba a punto de salir camino de uno de los coches patrulla.

—¿Qué tal ha ido?

—Como esperábamos —respondió Wallander—. Tenemos demasiadas cosas que hacer, así que hacemos el mínimo posible.

—Bueno, eso no es justo, ¿no? —protestó Martinsson.

—Claro que no es justo. Pero ¿quién ha dicho que el trabajo policial tenga que ver con lo que es justo?

Linda meneó la cabeza y siguió su camino.

—La verdad, no he entendido lo último que has dicho —confesó Martinsson.

—Yo tampoco —respondió Wallander alegremente—. Pero a esta generación joven no le viene mal tener algo sobre lo que reflexionar.

Se sentaron a la mesa de la sala de reuniones. Martinsson localizó por el teléfono interno a Stefan Lindman, que se presentó al cabo de unos minutos con un archivador.

—Personas desaparecidas —dijo Wallander—. Nada nos cautiva tanto como las personas que se esfuman sin dejar rastro. Las que salen a comprar leche y no vuelven nunca. O las que se van a ver a una amiga y no regresan. Y lo que más azuza la imaginación de la gente son las jóvenes desaparecidas. Recuerdo a una que se llamaba Ulla. Desapareció allá por los años cincuenta después de un baile en Sundbyberg. Nunca la encontramos. Cuando pienso en ella, me acuerdo hasta de su cara.

—Hay estadísticas —dijo Stefan Lindman—. Para ser de la policía, son de lo más fiable. La mayoría de las personas cuya desaparición se denuncia regresan a casa en un plazo relativamente corto; tardan unos días, una semana a lo sumo. Es muy reducido el número de las que no aparecen nunca. —Abrió el archivador—. He estado repasando los casos y las denuncias de desaparición en la zona. Me he remontado bastante atrás en el tiempo —dijo—. Me he ceñido al periodo que los forenses indican como probable y he examinado los informes de 1927 a 1947. Lo cierto es que nuestros archivos, tanto los de casos cerrados como los de casos nunca resueltos, están bien repletos, y por supuesto, según las épocas, se siguieron criterios distintos para su clasificación y su investigación. Lo cierto es que, por lo que he visto hasta el momento, creo que me he forjado una buena idea del asunto y de las mujeres desaparecidas que podrían encajar en el caso.

Wallander se inclinó sobre la mesa.

—¿Y qué tenemos?

—Nada.

—¿Nada?

Stefan Lindman negó con un gesto.

—Has oído bien. En ese periodo no hay en la zona una sola mujer de la edad que nos interesa cuya desaparición se denunciara. Tampoco en Mal-

84

mö. Creía que había encontrado una, de cuarenta y nueve años, natural de Svedala, que desapareció de su domicilio en diciembre de 1942. Pero volvió unos años más tarde. Abandonó al marido y huyó con un soldado de Estocolmo que prestaba servicio aquí, pero al final se cansó, la pasión se enfrió y volvió a casa. Aparte de ella, nadie.

Reflexionaron en silencio sobre lo que acababa de contarles Stefan Lindman.

—Ninguna denuncia por desaparición —dijo Martinsson al cabo de unos minutos—. Pero sí una mujer enterrada en un jardín. Una mujer ahorcada. Alguien tuvo que echarla de menos.

—Bueno, puede que fuera de otro país —sugirió Stefan Lindman—. Una lista de todas las mujeres de la edad en cuestión que desaparecieron en Suecia arrojaría unos resultados muy distintos, naturalmente. Además, en los tiempos de guerra había mucho tránsito de personas. Entre otras, de refugiados, que no siempre se censaban como debían.

Los pensamientos de Wallander iban por otros derroteros.

—Pues yo lo veo así —dijo—. No sabemos quién es la mujer. Lo que sí sabemos es que la enterraron. Alguien cogió una pala y la enterró. Nada indica que el hombre que la enterró no fuera el mismo que la mató. O la misma mujer, eso no está descartado. Y por ahí debemos empezar. ¿Quién cavó con la pala? ¿Por qué enterraron el cadáver en el jardín de Karl Eriksson?

—No era el jardín de Karl Eriksson —observó Martinsson—. Sino el de Ludvig Hansson.

Wallander le dio la razón.

—Pues por ahí debemos empezar —repitió—. Por Ludvig Hansson y su familia, que eran los propietarios por aquel entonces. Todos los que vivían en aquella época están muertos, salvo los que eran niños a la sazón. Así que empezaremos por los hijos de Ludvig Hansson.

—¿Y yo qué hago? ¿Sigo con esto? —preguntó Stefan Lindman—. ¿Busco mujeres desaparecidas entre 1927 y 1947 en el resto de Suecia?

—Sí —respondió Wallander—. La denuncia de desaparición de esa mujer tiene que estar en alguna parte. En alguna parte, sí.

## 14

Tres días le llevó a Wallander dar con la pista de los hijos de Ludvig Hansson. Entretanto, Stefan Lindman siguió buscando en los archivos a mujeres suecas desaparecidas durante el periodo en cuestión, y la edad de algunas de las que había encontrado encajaba. Sin embargo, tanto él como sus colegas dudaban: en un caso, se trataba de una mujer que, cuando desapareció, vivía en Timrå, a las afueras de Sundsvall; y la otra, Maria Teresa Arbåge, residía en Luleå.

Por su parte, Martinsson acudió al registro de la propiedad y constató que la finca que en 1949 Ludvig Hansson vendió a Henander había pertenecido a la familia Hansson desde mediados del siglo XIX. En realidad, el primer Hansson era un Hansen procedente del norte de Escania, de la frontera con Småland. Wallander y Martinsson abordaron en varias ocasiones la cuestión de por qué habrían vendido de repente la finca familiar. ¿Existiría algún motivo que despejase la incógnita de la identidad de la mujer enterrada en el jardín?

También Linda le había hecho una excelente sugerencia, aunque Wallander lo reconoció un tanto a su pesar: que buscaran fotografías de la granja a vista de pájaro, pero algo más antiguas que la que había colgada en la pared de la casa. ¿Habría sufrido cambios el jardín? Y, de ser así, ¿cuándo? ¿Qué habría ocurrido con el anexo lateral que ya no existía?

Wallander hurgó en censos y otros archivos. Finalmente encontró al único de los cuatro hijos de Ludvig Hansson que aún seguía con vida. Era una mujer, se llamaba Kristina y había nacido en 1937. Wallander supo que fue el último retoño inesperado de Ludvig y su mujer, Alma. Kristina se casó y pasó a apellidarse Fredberg. En la actualidad, vivía en Malmö y Wallander, presa de cierta tensión, la telefoneó.

Atendió la llamada una mujer joven. Él se presentó, le dijo que era policía y preguntó por Kristina. La joven le rogó que esperase un momento.

Kristina Fredberg tenía una voz agradable. Wallander le explicó el motivo de su llamada, le dijo que habían hecho un descubrimiento en el jardín de la antigua finca familiar de Löderup y que necesitaba hacerle algunas preguntas.

—Sí, algo he leído en el periódico —aseguró Kristina Fredberg—. Me cuesta creer que haya ocurrido en el jardín donde yo jugaba de niña. ¿No tenéis ninguna pista de quién puede ser?

—No.

—Pues no creo que yo tenga nada relevante que contar.

—Lo que necesito es hacerme una idea. Una idea general.

—De acuerdo, puedes venir cuando quieras —respondió la mujer—. Tengo todo el tiempo del mundo. Soy viuda. Mi marido murió hace dos años. De cáncer. Fue fulminante.

—La joven que ha atendido el teléfono, ¿es tu hija?

—Lena, la menor. El código del portal es 12-25.

Acordaron que Wallander iría a Malmö para hablar con ella ese mismo día. Sin saber a ciencia cierta por qué, llamó a Linda para ver si quería acompañarlo. Ella tenía el día libre tras dos noches de guardia, y la había despertado. Sin embargo, a diferencia de su padre, Linda rara vez se enfadaba cuando la despertaban. Quedaron en que pasaría a recogerla al cabo de una hora, hacia las once.

Llovía y soplaba un viento racheado mientras se dirigían a Malmö. Wallander iba escuchando una casete de *La bohème*, y dado que Linda no sentía particular debilidad por la ópera, había bajado el volumen. A la altura de Svedala, Wallander quitó la música.

—Vive en Södra Förstadsgatan —dijo—. En pleno centro de Malmö.

—¿Podremos quedarnos un rato después? —preguntó Linda—. Me gustaría ir de tiendas. Hace tanto desde la última vez...

—¿Qué tiendas?

—De ropa. Quiero comprarme un jersey. Para consolarme.

—¿Consolarte? ¿Por qué?

—Porque me siento un poco sola.

—¿Cómo van las cosas con Stefan?

—Bien. Pero una puede sentirse sola de todos modos.

Wallander no dijo ni una palabra. Sabía de sobra a qué se refería Linda.

Aparcó el coche cerca del centro comercial Triangeln. Un viento cortante les azotó el rostro mientras trataban de localizar la dirección. Wallander llevaba el código de la entrada escrito en la mano.

Kristina Fredberg vivía en el último piso. No había ascensor. Wallander llegó arriba jadeando. Linda le dirigió una mirada displicente.

—Si no empiezas a hacer ejercicio, te dará un infarto.

—A mi corazón no le pasa nada. Estuve pedaleando con un montón de cables conectados al cuerpo y el resultado fue estupendo. Y tengo una media de tensión de 135/80, lo que tampoco está mal. Además, el nivel de colesterol es el que tiene que ser. O casi. Tengo controlada la diabetes. Aparte de todo eso, me miran la próstata una vez al año. ¿Te basta así o quieres todos los datos por escrito?

—Estás como una cabra —dijo Linda—. Pero una cabra muy graciosa. Anda, llama al timbre.

Kristina Fredberg era una mujer de aspecto juvenil. A Wallander le costaba creer que tuviera sesenta y cinco años. Si no lo hubiera sabido, le habría echado poco más de cincuenta.

Los invitó a pasar al salón, donde ya había una bandeja con café en la mesa. Acababan de sentarse cuando apareció una joven de la edad de Linda que se presentó como Lena. Wallander no recordaba cuándo había visto por última vez a una mujer tan guapa. Se parecía a su madre, tenía la misma voz que ésta y una sonrisa que le provocó el deseo prohibido de tocarla.

—¿Puedo quedarme con vosotros? —preguntó la joven—. No os molestaré, pero tengo mucha curiosidad.

—Sí, claro, no hay problema —aseguró Wallander.

Se sentó en el sofá, al lado de su madre. Wallander no pudo evitar una mirada furtiva a las piernas de la joven. Enseguida vio que Linda lo observaba con el ceño fruncido. ¿Por qué le habría pedido que lo acompañara? ¿Para darle más motivos de crítica?

Kristina Fredberg sirvió el café. Wallander sacó el bloc de notas y un bolígrafo. Sin embargo, como era de esperar, se había olvidado las gafas, así que se guardó otra vez el bloc en el bolsillo.

—Naciste en 1937 —dijo Wallander sin más preámbulo—. Eras la menor de cuatro hermanos.

—Sí, me llevaba muchos años con mis hermanos. No creo que mis padres desearan otro hijo. Más bien fui un error.

—¿Qué te hace pensar eso?

—Los niños notan esas cosas, aunque nunca me lo dijeron.

—¿Te criaste en la granja de Löderup?

—Pues sí y no. Vivimos allí hasta noviembre de 1942. Luego mis hermanos, mi madre y yo nos mudamos a Malmö, donde permanecimos unos años.

—¿Y eso por qué?

Wallander se percató de que se demoraba un poco a la hora de responder.

—Mis padres dejaron de llevarse bien, pero no se separaron. Ignoro qué ocurrió exactamente. Durante unos años vivimos en un apartamento de Limhamn. Luego, la primavera de 1945, volvimos a Löderup. Se habían reconciliado. Cuando mi madre ya era muy mayor, traté de sonsacarle el porqué de sus desavenencias de antaño, pero ella se negaba a hablar del asunto. También lo comenté con mis hermanos. Seguramente no sucedió nada de particular. El matrimonio naufragó de repente. Mi madre nos cogió a mis hermanos y a mí y nos mudamos. Un buen día se reconciliaron. Y a partir de ahí se mantuvieron juntos hasta el final de sus vidas. Recuerdo a mis padres como dos personas que se querían. Lo que ocurrió aquellos años de guerra, cuando yo era pequeña, no es más que un recuerdo borroso. Un recuerdo oscuro.

—Entonces, durante esos años, tu padre siguió viviendo solo en la finca, ¿no?

—Sí, había animales a los que cuidar. Mi hermano mayor me contó que tenía dos peones. Uno de ellos era un refugiado procedente de Dinamarca, pero nadie lo sabe con certeza. Mi padre no era un hombre muy comunicativo.

Wallander reflexionó un instante. De repente, se le ocurrió una pregunta obvia.

—¿No sería que había conocido a otra mujer?

—No.

—¿Cómo puedes estar tan segura?

—Lo sé.

—¿Podrías explicarme por qué?

—Mi madre jamás habría vuelto a la finca si mi padre hubiera tenido una amante. Y habría sido imposible mantener en secreto algo así.

—Pues yo sé por experiencia que uno puede guardar secretos dondequiera que viva.

Wallander vio que Linda enarcaba una ceja con interés.

—Seguro que sí. Pero no con mi madre. Tenía una intuición que jamás le he visto a nadie.

—Salvo a mí —intervino Lena.

—Exacto. Porque la has heredado de la abuela. A ti tampoco se te puede ocultar la verdad.

Kristina Fredberg parecía convincente. Wallander estaba seguro de que no trataba de reservarse ninguna información valiosa para la policía. Pero ¿de verdad podía estar tan segura de lo que estuvo haciendo su padre aquellos tres años que vivió solo en la finca durante la guerra?

—Y los peones —continuó—. Dices que uno era danés. ¿Cómo se llamaba?

—Jörgen. De eso sí me acuerdo. Pero ya murió. Enfermó..., creo que de algo de riñón. Falleció allá por los años cincuenta.

—Y tenía otro peón, ¿no?

—Sí, eso decía mi hermano Ernst. Pero nunca supe cómo se llamaba.

—¿Y no habrá alguna foto? ¿O nóminas?

—Con franqueza, creo que mi padre les pagaba sin más, sin documentos de por medio. Y fotografías no he visto ninguna.

Wallander se sirvió más café.

—¿Cabe la posibilidad de que fuera una mujer? —preguntó Linda de pronto.

Wallander se irritó, como siempre que le parecía que su hija le pisaba el terreno. Podía ir con él, escuchar y aprender, pero no debía tomar la iniciativa sin antes consultárselo.

—No —respondió Kristina Fredberg—. En aquella época no había mujeres dispuestas a hacer ese tipo de trabajo. Había criadas, pero ninguna mujer que se dedicara a las labores del campo. Estoy convencida de que mi padre no tuvo ninguna aventura. No sé quién será la mujer que ha aparecido enterrada en el jardín, la sola idea me da escalofríos, pero estoy segura de que mi padre no tuvo nada que ver con lo sucedido. Aunque viviera allí.

—¿Y cómo es que estás tan segura? Tendrás que perdonarme, pero debo preguntártelo.

—Mi padre era un hombre bueno y pacífico. Jamás le puso una mano encima a nadie. Ni siquiera recuerdo que le soltara un cachete o le diera un repelón a ninguno de mis hermanos. Sencillamente, era incapaz de enfadarse. Y para matar a un semejante hay que tener cierta dosis de ira incontrolada, ¿no? Al menos, eso creo yo.

Wallander pensó que, por el momento, sólo le quedaba una pregunta por formular.

—Tus hermanos han muerto, pero ¿hay alguien con quien creas que debería hablar? Alguien que quizá tenga otros recuerdos...

—Hace ya tanto tiempo... Todas las personas de la generación de mis padres han fallecido. Mis hermanos también, ya lo sabe. No se me ocurre nadie.

Wallander se puso de pie. Se despidió de las dos mujeres con un apretón de manos y Linda y él se marcharon del apartamento.

Una vez en la calle, ella se le plantó delante.

—No quisiera tener un padre que empieza a babear en cuanto ve a una chica guapa que, además, es más joven que yo.

Wallander tuvo una reacción desmesurada.

—¿Qué estás diciendo? No babeaba. Me ha parecido guapa, pero no digas que me he comportado como no debía, porque entonces ya puedes coger el tren a Ystad. Y, además, puedes irte a vivir a otro sitio. —Y se dio media vuelta y se fue.

Linda no lo alcanzó hasta llegar al coche. Y se le volvió a plantar delante.

—Lo siento. No era mi intención herirte.

—No quiero que te dediques a educarme. Ni quiero que me obligues a ser quien no soy.

—Ya te he pedido perdón.

—Sí, ya te he oído.

Linda fue a añadir algo, pero Wallander levantó la mano. Era suficiente. No tenían por qué continuar con aquella discusión.

Volvieron a Ystad. Cuando dejaron atrás Svaneholm, reanudaron la conversación. Linda estaba de acuerdo, pudo haber sucedido algo durante aquellos años en que Ludvig Hansson vivió solo en la finca.

Wallander trató de imaginarse el curso de los acontecimientos, pero no lo conseguía. Sólo veía aquella mano sobresaliendo de la tierra.

Arreció el viento. Pensó que el invierno era ya inminente.

## 15

Al día siguiente, el viernes 8 de noviembre, Wallander se despertó temprano. Estaba sudoroso. Trató de recordar lo que había soñado. Tenía que ver con Linda. Tal vez un recordatorio de la desavenencia del día anterior. Comoquiera que fuese, tenía la memoria en blanco. Imposible acceder a las puertas del sueño.

Eran las cinco menos diez. Se quedó en la cama, a oscuras. Se oía el repiqueteo de la lluvia en la ventana del dormitorio. Intentó volver a dormirse, pero no lo consiguió. A las seis de la mañana, después de pasarse una hora dando vueltas en la cama, se levantó por fin. Se detuvo ante la puerta de Linda y aguzó el oído. Aún dormía, roncaba levemente.

Preparó café y se sentó a la mesa de la cocina. La lluvia iba y venía a ráfagas. En realidad, aún no había tomado ninguna decisión, pero resolvió hacer la enésima visita a la granja donde habían hallado el esqueleto. No sabía qué esperaba encontrar exactamente, pero solía volver al escenario del crimen, entre otras cosas para ordenar sus impresiones.

Media hora después salió de Ystad y llegó a la finca de Löderup antes de que empezara a clarear el día. Las cintas policiales seguían allí. Rodeó lentamente la casa y recorrió el jardín, tratando de descubrir algo que le hubiese pasado inadvertido con anterioridad, aunque sin saber muy bien qué. Al mismo tiempo, trataba de imaginarse lo que sucedió.

«Aquí debió de vivir un día una mujer que nunca pudo partir. Sin embargo, alguien tuvo que preguntarse dónde estaría. Y es obvio que no la buscaron aquí. Nadie sospechó nunca nada que condujese a que la policía mostrara interés por este jardín.»

Se plantó junto al hoyo, que estaba cubierto con una lona bastante sucia.

«¿Por qué la enterraron precisamente aquí? El jardín es muy grande. Quienquiera que fuese, eligió este lugar para enterrarla. Aquí, precisamente aquí, en ningún otro lugar.»

Volvió a recorrer la zona mientras iba almacenando en la memoria las preguntas que se formulaba. En la distancia se oía el ruido de un tractor. Un milano solitario se mantuvo un rato suspendido en el aire, antes de precipitarse hacia uno de los sembrados que rodeaban la finca. Wallander volvió al hoyo y observó los alrededores. Un lugar junto al que crecían unos groselleros captó su atención. En un primer momento no supo qué había atraído su mirada. Quizá algo en la disposición de las plantas. El jardín guardaba cierta simetría, todo lo que se había plantado seguía un patrón. Y por descuidado que estuviera el jardín, dicho patrón se apreciaba por todas partes. Sin embargo, en los groselleros había algo que no encajaba.

¿Formaba aquello parte del diseño, o era una excepción a la regla dominante en el jardín?

Al cabo de unos minutos comprendió que no. Sencillamente, no seguían el patrón. Los groselleros se habían plantado desordenadamente en un jardín planificado según un patrón rectilíneo.

Se acercó y examinó el lugar con más detenimiento. Era un hecho: los arbustos estaban dispuestos de cualquier manera. Sin embargo, no parecía que los hubieran plantado en épocas diferentes.

Reflexionó un instante. La única explicación que se le ocurría era que alguien sin sentido de la simetría los hubiese arrancado para luego volver a plantarlos.

«Cabe una segunda posibilidad», pensó. «Que quien los arrancó tuviera prisa por plantarlos de nuevo.»

Había empezado a clarear. Eran cerca de las ocho. Se sentó en uno de los viejos bancos de piedra agrietada y enmohecida y siguió estudiando los arbustos. ¿No serían figuraciones suyas? Un cuarto de hora después, estaba convencido. El desorden de los arbustos encerraba una historia. Una historia sobre alguien poco minucioso, o sobre alguien que tenía prisa. Naturalmente, podía tratarse de la misma persona.

Sacó el móvil y llamó a Nyberg. Éste acababa de llegar a la comisaría.

—Siento mucho haberte llamado el otro día tan tarde —se disculpó Wallander.

—Si lo sintieras de verdad, hace tiempo que habrías dejado de llamarme a casa a cualquier hora del día o de la noche. Has llegado a telefonear a las cuatro y a las cinco de la mañana con preguntas que podrías haberme hecho perfectamente a una hora menos intempestiva. Y no recuerdo que me hayas pedido perdón nunca.

—Puede que me haya vuelto mejor persona.

—Y una mierda. Bueno, ¿qué quieres?

Wallander le dijo dónde se encontraba. Y le habló de su impresión de que allí había algo que no encajaba. Nyberg era de las pocas personas capaces de comprender lo que implicaba que unos groselleros no estuviesen plantados como debían.

—Voy ahora mismo —dijo Nyberg cuando Wallander hubo terminado—. Pero seguramente iré solo. ¿Tienes una pala en el coche?

—No, pero habrá alguna en la caseta de las herramientas.

—No es eso. Yo tengo la mía. Sólo quería asegurarme de que no podías empezar a revolver la tierra tú solo.

—No, no haré nada hasta que llegues.

Terminaron la conversación. Wallander tenía frío y se metió en el coche. Encendió la radio y escuchó, un tanto distraído. Hablaban de cierta enfermedad contagiosa que, según sospechaban, transmitían las garrapatas comunes.

Apagó la radio y siguió esperando.

Diecinueve minutos después apareció Nyberg en la finca. Llevaba botas de goma, el mono de trabajo y una vieja gorra de cazador muy curiosa, encajada hasta las orejas. Sacó una pala del maletero.

—Habrá que alegrarse de que no tropezaras con la mano estando la tierra helada.

—Aquí es raro que hiele antes de Navidad. Si es que llega a helar.

Nyberg murmuró una respuesta inaudible, y los dos echaron a andar hacia la parte trasera de la casa.

Al ver la reacción de Nyberg ante los groselleros, Wallander comprobó que el técnico comprendía rápidamente lo que implicaba su descubrimiento sobre los arbustos. El técnico clavó varias veces la pala en la tierra, como si tanteara en busca de algo.

—Esta tierra está apelmazada —declaró—. Lo que significa que hace mucho que la cavaron y que las raíces están entrelazadas, trabando así la tierra.

Empezó a cavar. Wallander se quedó algo apartado. Al cabo de escasos minutos, Nyberg dejó de cavar y hurgó en la tierra con los dedos. Recogió algo que parecía una piedra y se lo pasó a Wallander.

Era un diente. El diente de un ser humano.

# 16

Dos días después, habían excavado todo el jardín de la casa de Karl Eriksson, tanto la parte delantera como la de atrás. Del lugar donde Nyberg había hincado la pala y sacado el diente que le entregó a Wallander exhumaron un esqueleto que, según Stina Hurlén y los demás expertos en medicina legal, había pertenecido a un hombre. Como la mujer, rondaba los cincuenta, y como ella, también llevaba muchos años bajo tierra. Y presentaba en el cráneo una lesión que indicaba que lo habían golpeado con un objeto contundente.

Ni que decir tiene que se armó un gran revuelo cuando los medios publicaron la noticia de aquel segundo hallazgo. Los negros titulares hablaban de «EL JARDÍN DE LA MUERTE», O «MUERTE ENTRE LAS GROSELLAS».

Lisa Holgersson no pudo negarse a asignar más recursos.

Nombró a Wallander responsable de la investigación, junto con un fiscal que acababa de reincorporarse después de una baja de formación y ampliación de estudios. Y le dijo a Wallander que se tomara su tiempo, que investigara el caso a fondo. Hasta que no determinaran la identidad de los restos enterrados en el jardín, no podrían hacer mucho por dar con el culpable.

Stefan Lindman seguía siendo responsable de buscar en los archivos y entre los casos antiguos algo que pudiera proporcionarles alguna pista. Si al principio era sólo una mujer, ahora eran dos las personas desaparecidas. Atendieron las llamadas de varios ciudadanos que querían informar de personas misteriosamente desaparecidas muchos años atrás. Wallander destinó a otro policía para que ayudara a Stefan Lindman a hacer una criba de todas esas llamadas.

Al cabo de dos semanas, mediado el mes de noviembre, seguían sin avanzar en la identificación de los dos cadáveres. Un jueves por la mañana, Wallander convocó a sus compañeros en la sala de reuniones más grande, les pidió que apagaran los móviles y, acto seguido, repasó exhaustivamente todo lo que sabían hasta el momento. Volvieron a los puntos de partida, estudiaron una vez más los informes técnicos y forenses, prestaron atención a la exposición de Stefan Lindman —que Wallander calificó de brillante— y, al cabo de cuatro horas, con la mesa ya vacía y tras una pausa para estirar las piernas, pudo hacer un resumen.

Utilizó dos palabras para expresar lo que, a esas

alturas, todos habían asumido: «Estamos estancados».

Tenían dos esqueletos, dos personas de mediana edad a las que habían asesinado, pero desconocían su identidad y carecían de una hipótesis que explicara sus muertes.

—El pasado nos ha cerrado las puertas —sentenció Wallander después de su síntesis, cuando ya podían hablar libremente sobre el caso.

No era preciso asignar nuevas tareas. Las líneas de investigación ya estaban trazadas. Sólo lograrían avanzar cuando encontraran alguna información que les permitiera identificar los cadáveres.

Entretanto, Wallander y Martinsson se entregaron con impaciencia creciente a la tarea de localizar a personas que pudieran ofrecerles más información acerca de los años en que Ludvig Hansson vivió solo en la finca, sobre todo los años de guerra, pero todos habían muerto. Wallander experimentaba la sensación recurrente y más que desagradable de que, en realidad, debería concertar interrogatorios con las lápidas de los cementerios de la zona. Allí era donde se encontraban todos los posibles testigos e implicados. Y allí podría estar enterrado el autor de los hechos, con todas las respuestas que buscaban Wallander y sus colegas.

Martinsson compartía esos sentimientos ante una búsqueda tan infructuosa en pos de un ser vivo capaz de ayudarles a avanzar un poco, pero, naturalmente, ninguno de los dos se rendía. Continuaron con sus rutinas, volvieron a revisar diversos archivos y casos de asesinato antiguos, y trataron de localizar a alguien que, pese a todo, siguiera con vida y tuviera algo que aportar a la investigación.

Una noche en que Wallander llegó a casa con dolor de cabeza, Linda se sentó frente a él en la cocina y le preguntó cómo iban las cosas.

—No nos rendimos —contestó—. No nos rendiremos nunca.

Linda no insistió. Conocía bien a su padre.

Con eso había dicho cuanto tenía que decir.

## 17

El 29 de noviembre cayó sobre Escania una intensa nevada. El temporal vino del oeste y paralizó durante varias horas el tráfico del aeropuerto de Sturup. En la carretera entre Malmö e Ystad varios vehículos se salieron de la vía. Sin embargo, al cabo de unas horas cesó de pronto el fuerte viento, subió un poco la temperatura y la nevada dio paso a la lluvia.

Wallander estaba junto a la ventana de su despacho contemplando cómo el agua derretía rápidamente la nieve acumulada. Sonó el teléfono. Como de costumbre, se sobresaltó. Levantó el auricular.

—Soy Simon —dijo una voz.

—¿Simon?

—Simon Larsson. Fuimos colegas hace mucho tiempo.

Wallander se quedó atónito y, en un primer momento, creyó que no había oído bien. Simon Larsson era policía cuando Wallander se trasladó de Malmö a Ystad. De eso hacía cerca de treinta años. Simon Larsson era viejo ya en aquella época. Se había jubilado dos años después de la llegada de Wallander y recibió el agradecimiento del entonces jefe de policía. Por lo que Wallander sabía, Simon Larsson no había vuelto por la comisaría ni de visita. Cortó radicalmente todos los vínculos. Un día Wallander se enteró de que Larsson tenía al norte de Simrishamn un huerto de manzanos al que dedicaba todo su tiempo.

Sencillamente, Wallander se sorprendía de que aún estuviera vivo. Tras un rápido cálculo mental, llegó a la conclusión de que debía de tener como mínimo ochenta y cinco años.

—Claro que me acuerdo de ti —dijo Wallander—. Pero confieso que me sorprende muchísimo que me llames.

—Ya. Seguramente creerías que estaba muerto. Si hasta yo lo creo a veces...

Wallander no respondió.

—Es que he leído en los periódicos lo de los cadáveres que habéis encontrado enterrados —continuó Larsson—. Y quizá tenga algo que decirte al respecto.

—¿A qué te refieres?

—Lo que has oído. Si vienes a verme, puede que tenga algo importante que decirte. Pero sólo puede...

Simon Larsson hablaba con voz clara y potente. Wallander tomó nota de su dirección, una residencia de ancianos en las inmediaciones de Tomelilla. Wallander le prometió que iría enseguida. Fue al despacho de Martinsson, pero el agente no estaba, aunque tenía el móvil en la mesa. Wallander se encogió de hombros y decidió ir a Tomelilla él solo.

Simon Larsson era un hombre frágil, tenía la cara surcada de arrugas y llevaba audífono. Tras abrirle la puerta, había invitado a Wallander a entrar en un apartamento de jubilado cuyo aspecto solitario le produjo pavor. Wallander pensó que era como entrar en la antesala de la muerte. El apartamento constaba de dos habitaciones. A través de una puerta entreabierta, vio a una anciana que descansaba en la cama. Simon Larsson le sirvió un café con manos temblorosas. Wallander experimentó una sensación muy desagradable. Era como verse a sí mismo dentro de unos años. Y no le gustaba lo que veía. En cuanto se sentó en el viejo sillón de la sala, se le instaló un gato en el regazo. Wallander no lo espantó. Prefería los perros, pero no tenía nada en contra de que los gatos le prestasen atención de vez en cuando.

Simon Larsson se sentó a su lado, en una silla.

—Oigo bastante bien, pero veo mal. Supongo que me viene de mis años de policía, pero el caso es que siempre quiero ver bien a la gente con la que hablo.

—Sí, yo tengo el mismo vicio —respondió Wallander—. O quizá debería decir costumbre. Bueno, ¿qué querías contarme?

Simon Larsson respiró hondo, como si tuviera que tomar impulso para empezar.

—Nací en agosto de 1917 —comenzó—. Fue un verano caluroso, un año antes de que terminara la guerra. En 1937 empecé a trabajar con el fiscal de Lund, y llegué a Ystad en la década de los sesenta, cuando la policía se desmilitarizó. Pero lo que quería contarte, porque puede que te sea de utilidad, ocurrió allá por los años cuarenta. En aquella época estuve destinado un tiempo aquí, en Tomelilla. Los límites no estaban en aquel entonces muy definidos, a veces nosotros ayudábamos en Ystad, y otras veces era al contrario, pero una vez, durante la guerra, encontramos un carro viejo y un caballo en un camino cerca de la zona de Löderup.

—¿Un caballo? ¿Y un carro? No acabo de comprender...

—Lo comprenderás si no me interrumpes. Fue en otoño. Llamaron a Tomelilla. Un hombre de Löderup. En realidad debería haber llamado a Ystad, pero no, llamó aquí, a la comisaría de Tomelilla. Quería informar de que había encontrado un carro tirado por un caballo que iba traqueteando por el camino. Y no había nadie ni en el carro ni en el pescante. Aquella mañana me había quedado solo en la comisaría. Como estaba aprendiendo a conducir y quería practicar, no llamé a Ystad, sino que cogí el coche y me dirigí a Löderup. Y, en efecto, allí había un caballo que tiraba de un carro vacío.

Del aspecto del carro se deducía que en él vivían vagabundos, como los llamábamos entonces..., hoy se los llama vendedores ambulantes, lo que me parece mucho más decente..., pero no estaban allí. Era muy extraño. El caballo y el carro habían aparecido allí al alba. Siete días atrás los habían visto en Kåseberga: eran un hombre y una mujer de unos cincuenta años. Él se dedicaba a afilar tijeras y cuchillos. Eran amables y buenas personas y, de repente, desaparecieron.

—¿Y no los encontraron nunca?

—No, que yo sepa. Pensé que quizá te sería útil.

—Desde luego. Lo que acabas de contarme es muy interesante. Aunque me extraña que no denunciaran su desaparición. En ese caso, los habríamos encontrado en nuestros archivos.

—No sé qué pudo pasar exactamente. Alguien se encargó del caballo, y el carro debió de quedarse tirado por allí hasta que se pudrió. En esa época nadie se preocupaba demasiado por los vendedores ambulantes. Recuerdo que, unos años después, pregunté por ellos, pero nadie sabía nada. En aquella época había unos prejuicios tremendos. Claro que puede que hoy también los haya, ¿verdad?

—¿Recuerdas algo más?

—Hace tanto tiempo... Ya me doy por satisfecho con recordar lo que te he contado.

—¿Y sabrías decirme en qué año fue?

—No, pero se habló bastante en los periódicos, así que no será difícil averiguarlo.

De repente, a Wallander le entró una prisa tremenda. Apuró el café y se puso de pie.

—Pues muchas gracias por haber llamado. Puede que esto tenga su importancia, ya te informaré.

—Pero no esperes demasiado —dijo Simon Larsson—. Soy muy viejo, puedo morirme en cualquier momento.

Wallander se marchó de Tomelilla. Conducía deprisa. Por primera vez en el curso de la investigación, sintió que estaban cerca de descubrir algo decisivo.

# 18

Cuatro horas tardó Martinsson en localizar los microfilmes de los ejemplares del *Ystads Allehanda* que contenían noticias sobre el carro misterioso y el caballo. Unas cuantas horas después llegó a la comisaría con un montón de copias de las páginas en cuestión, y se sentó con Stefan Lindman y Wallander en la sala de reuniones.

—El 5 de diciembre de 1944 —dijo Martinsson—, ahí empieza todo. El titular del primer artículo publicado sobre el asunto en el *Ystads Allehanda* reza: «EL CARRO DEL HOLANDÉS ERRANTE».

Dedicaron la hora siguiente a leer todo lo que Martinsson había encontrado. Wallander tomó nota de que las dos personas que vivían en el carro se llamaban Richard e Irina Pettersson. Había incluso una fotografía desvaída de la pareja, reproducción de una instantánea enmarcada que tenían en el carro.

—Simon Larsson tiene buena memoria —observó Wallander cuando terminaron de leer todas las noticias sobre el caso—. Ya podemos estarle agradecidos. Es posible que tarde o temprano hubiésemos dado con ellos, pero nunca se sabe. La cuestión es si serán las personas que estamos buscando.

—La edad encaja —dijo Stefan Lindman—. Y la zona. Pero ¿qué les pasó?

—Los archivos —apuntó Wallander—. Tenemos que extraer toda la información que haya sobre ellos. ¡Ojalá existiera la máquina del tiempo! Ahora nos vendría de perlas.

—Puede que Nyberg tenga una —terció Stefan Lindman.

Wallander y Martinsson se echaron a reír. Wallander se levantó y se acercó a la ventana. Martinsson siguió riéndose sin moverse del sitio. Stefan Lindman resopló satisfecho.

—Bueno, nos concentraremos en esto unos días —dijo Wallander—, pero sin abandonar las demás pistas. Las dejaremos de lado por ahora. Para que reposen, por así decirlo. Pero presiento que por aquí vamos bien. Demasiadas coincidencias como para que estas dos personas no sean las que buscamos.

—En los periódicos sólo hablan bien de ellos —dijo Martinsson—. Pero entre líneas puede leerse que a la gente no le interesaba mucho lo que pudiera haberles ocurrido. Lo atractivo era el misterio en sí. A veces da la sensación de que sentían más lástima del caballo que tiraba del carro vacío que de los desaparecidos. Si los Pettersson hubieran sido dos viejos granjeros de Escania, ¡qué ríos de tinta no habrían corrido!

—Tienes razón —convino Wallander—. Pero antes de saber quiénes eran esas dos personas, no podemos descartar que tuvieran una cara oculta. Llamaré al fiscal y lo pondré al corriente. Y ahora, a trabajar.

Decidieron quién debía hacer qué para forjarse una idea más completa de la identidad de Richard e Irina Pettersson, desaparecidos hacía casi sesenta años. Wallander se dirigió a su despacho, llamó al fiscal y le informó de las novedades; obtuvo el visto bueno para continuar y leyó una vez más el material de prensa.

Cuando terminó, la sensación seguía siendo igual de intensa. Decididamente, iban por buen camino.

## 19

Trabajaron duro hasta el 2 de diciembre. Esos días siguió haciendo mal tiempo en Escania. Soplaba el viento y llovía sin parar. Wallander pasó la mayor parte de las horas de la jornada al teléfono y ante el ordenador, cuyo funcionamiento había aprendido por fin, después de tantos años. La mañana del 2 de diciembre localizó a una nieta de Richard e Irina Pettersson. Se llamaba Katja Blomberg y vivía en Malmö. Cuando la llamó, respondió al teléfono un hombre. Katja Blomberg no estaba en casa, pero Wallander le dejó su número y dijo que se trataba de un asunto importante, aunque sin desvelar más detalles.

Seguía esperando la llamada cuando le avisaron desde la recepción de la comisaría.

—Tienes visita —dijo una recepcionista cuya voz Wallander no reconoció.

—¿Quién es?

—Dice que se llama Katja Blomberg.

Wallander contuvo la respiración.

—Voy ahora mismo.

Katja Blomberg rondaba los cuarenta años, iba muy maquillada y llevaba minifalda y botas de tacón alto. Unos policías de tráfico que pasaban por el vestíbulo lanzaron a Wallander una mirada alentadora. Él saludó a la mujer, que le dio un buen apretón de manos.

—He pensado que lo mismo daba que viniera yo.

—Muy amable.

—Pues claro que he sido amable. Podría haber pasado olímpicamente, ¿no? Bueno, ¿qué quieres?

Wallander la condujo hacia su despacho y, al pasar por delante del de Martinsson, echó una ojeada. No había nadie, como de costumbre. La mujer se sentó en la silla de las visitas y sacó un paquete de tabaco.

—Preferiría que no fumaras —objetó Wallander.

—¿Quieres hablar conmigo o no?

—Claro.

—Pues entonces tengo que fumar, que lo sepas.

Wallander no se sintió con fuerzas para discutir con ella. Por otro lado, el humo del tabaco no le molestaba demasiado. Se levantó para buscar algo que pudiera usar de cenicero.

—No hace falta, siempre llevo uno conmigo. —La mujer colocó una cajita metálica en el borde del escritorio y encendió el cigarrillo—. Yo no he sido —añadió acto seguido.

Wallander frunció el ceño.

—¿Perdón?

—Ya me has oído. Digo que no he sido yo.

Wallander se puso alerta, pues era obvio que la mujer creía que él sabía de qué estaba hablando.

—Entonces, ¿quién ha sido?

—No lo sé.

Wallander cogió un cuaderno y un bolígrafo.

—A ver, formalidades —dijo.

—Sesenta y dos, cero, dos, cero, dos, cero, cuatro, cuatro, cinco.

Wallander comprendió que no era la primera vez que Katja Blomberg visitaba una comisaría. Además del número de identidad, anotó la dirección y se disculpó aduciendo que debía salir un momento.

Martinsson aún no había vuelto a su despacho, pero Wallander dio con Stefan Lindman, y le proporcionó los datos.

—Quiero saber qué tenemos sobre esta mujer.

—¿Ahora mismo?

—Ahora mismo.

Wallander se lo explicó brevemente. Stefan Lindman comprendió la urgencia y Wallander volvió a su despacho. El ambiente estaba cargado de humo. Katja Blomberg fumaba cigarrillos sin filtro. Wallander entreabrió la ventana.

—Yo no he sido —repitió la mujer.

—Ya hablaremos de eso —dijo Wallander—. Ahora tengo otro asunto que tratar contigo.

Se dio cuenta de que ella se ponía en guardia.

—¿Qué asunto?

—Quiero hablar de tus abuelos, Richard e Irina Pettersson.

—¿Y qué tienen que ver ellos?

Ella apagó el cigarro y encendió otro enseguida. Tenía un encendedor muy caro, según vio Wallander.

—Por razones diversas, quiero saber qué ocurrió cuando desaparecieron. Tú no habías nacido todavía, naciste veinte años más tarde, pero algo habrás oído contar, ¿verdad?

Katja Blomberg lo miró como si hubiera perdido el juicio.

—¿Y te has puesto en contacto conmigo para hablar de mis abuelos?

—Entre otras cosas.

—Pero... ¡si de eso hace cien años!

—No exactamente. Sólo cerca de sesenta.

Ella lo miró fijamente a los ojos.

—Quiero café.

—Sí, claro. ¿Leche y azúcar?

—Leche no. Crema de leche y azúcar.

—Crema de leche no tenemos. Leche sí. Y azúcar.

Wallander fue a buscar el café. La máquina se atascaba y tardó casi diez minutos en volver. El despacho estaba vacío. Soltó un taco. Cuando se asomó al pasillo la vio venir de los aseos.

—¿Qué creías, que me había fugado?

—No estás detenida, así que no puedes fugarte.

Mientras se tomaban el café, Wallander se preguntaba de qué creería ella que quería hablarle.

—Richard e Irina —repitió—. ¿Puedes contarme algo?

Antes de que pudiera responder, sonó el teléfono. Era Stefan.

—Ha sido rápido. ¿Te lo cuento por teléfono?

—Venga.

—Katja Blomberg, dos condenas por agresión, cumplidas en la prisión de Hinseberg. Además, participó en un robo a un banco junto con un hombre con el que estuvo casada unos años. Al parecer, ahora está bajo vigilancia y se cuenta entre los sospechosos de un robo a un supermercado de Limhamn. ¿Quieres que siga?

—No, por ahora no.

—¿Qué tal te va con ella?

—Hablamos luego.

Wallander colgó y miró a Katja Blomberg, que se examinaba las uñas, pintadas de colores vivos, diferentes en cada dedo.

—Tus abuelos maternos —dijo—. Alguien tuvo que contarte algo. Por lo menos, tus padres. Y tu madre, ¿vive aún?

—Murió hace veinte años.

—¿Tu padre?

Apartó la vista de las uñas.

—La última vez que oí hablar de él, yo tenía seis o siete años. Entonces el hombre estaba en la cárcel por estafa. Nunca me he puesto en contacto con él. Ni él conmigo. Ni sé si está vivo. Pero por mí, como si está muerto. No sé si me entiendes.

—Te entiendo.

—¿Seguro?

—Acabaremos antes si dejas que las preguntas las haga yo. Tu madre debió de contarte algo, ¿no?

—Bueno, no es que hubiera mucho que contar.

—Pero desaparecieron, ¿verdad? Sin dejar rastro. ¿No es eso bastante?

—Pero, por Dios, ¡si luego volvieron!

Wallander se la quedó mirando asombrado.

—¿Qué quieres decir?

—¿Tú qué crees?

—Quiero saber qué quieres decir exactamente.

—Pues que volvieron. Dejaron el carro por la noche, cogieron lo imprescindible y se largaron. Creo que pasaron unos años en una finca de Småland. Luego, cuando las cosas se calmaron, aparecieron otra vez, se cambiaron el nombre y el peinado y nadie indagó más sobre los robos.

—¿Los robos?

—Pero ¿qué pasa? ¿Es que no tienes ni idea de nada?

—Para eso te he llamado, para que me lo cuentes.

—Entraron a robar en la casa de un agricultor de la zona. Pero se arrepintieron. Cogieron lo que podían llevar encima, fingieron que habían desaparecido y pasaron un tiempo escondidos. Creo que Richard se cambió el nombre por el de Arvid, e Irina por el de Helena. Sólo los vi unas cuantas veces, pero me gustaban. Mi abuelo murió a principios de la década de los setenta, y mi abuela unos años después. Están enterrados en el cementerio de Hässleholm, pero no con su verdadero nombre.

Wallander guardaba silencio. Ni por un instante dudó de que lo que acababa de oír fuera verdad. Hasta la última coma.

El caballo y el carro abandonados en octubre de 1944 constituían una pista falsa. Y llevaba sesenta años siéndolo.

Se sentía decepcionado, pero al mismo tiempo aliviado al pensar que no habían malgastado esfuerzos innecesariamente.

—¿Por qué me preguntas por ese asunto?

—Estamos investigando un caso antiguo que hay que cerrar. Hemos encontrado dos cadáveres enterrados en un jardín. Lo habrás leído en los periódicos, ¿no? Lo tuyo con el supermercado de Limhamn se lo dejo por ahora a los colegas de Malmö.

—Te digo que yo no he sido.

—Sí, ya te he oído.

—¿Puedo irme ya?

—Sí.

Wallander la acompañó a la recepción.

—Yo les tenía cariño —dijo al despedirse—. A mis abuelos, me refiero. Eran muy especiales, reservados y extrovertidos al mismo tiempo. Me habría gustado pasar más tiempo con ellos.

Wallander la vio alejarse con aquellos tacones tan altos. Pensó que no la volvería a ver en la vida. Pero que, desde luego, no la olvidaría del todo.

Poco antes de las doce intercambió unas palabras con Martinsson y Stefan Lindman. Les explicó que la pista se les había ido al traste, que podían tacharla y seguir adelante. Después informó al fiscal.

Wallander se tomó libre el resto del día. Se compró una camisa en una tienda de la plaza, comió pizza en un restaurante cercano y luego se dirigió a su casa, en Mariagatan.

Cuando Linda llegó a casa por la noche, él ya estaba durmiendo.

## 20

El amanecer trajo consigo un día de diciembre claro y soleado. Wallander se levantó temprano y dio un largo paseo por la playa antes de decidir, a eso de las ocho de la mañana, que regresaría al despacho para volver a ejercer de policía. No les quedaba más remedio que dar un paso atrás y retomar la investigación allí donde la habían dejado cuando Simon Larsson los puso sobre aquella pista infructuosa.

Sin embargo, antes de ponerse manos a la obra tenía que hacer una llamada. Buscó el número y oyó el tono de llamada varias veces, hasta que respondieron.

—Larsson.

—Soy Wallander. Gracias por tu ayuda.

—Gracias a ti por la visita.

—Sólo quería decirte que hemos investigado la información que nos diste. Y que aquella desaparición tiene sus razones. Si quieres, te lo cuento.

—Claro, siento curiosidad.

Wallander le refirió lo que había averiguado. Simon Larsson lo escuchó en silencio.

—Bueno, pues al final he podido enterarme de lo que pasó —dijo—. Aunque siento que hayáis tenido que trabajar inútilmente.

—Nada es inútil —respondió Wallander—. Tú sabes bien lo que implica ser policía. Recuerda que, muchas veces, es tan importante poder descartar una pista como encontrarla.

—Sí, puede ser, pero yo ya no recuerdo nada. A mi edad la memoria ya no es tan buena.

—A tu memoria no le pasa nada, como bien has demostrado.

Se dio cuenta de que Simon Larsson tenía ganas de seguir hablando porque, aunque no había nada más que decir, parecía aferrarse al teléfono. Wallander pensó en la mujer a la que había visto durmiendo en la cama cuando fue a visitarlo.

Cuando por fin terminaron de hablar, se preguntó qué implicaría en el fondo llegar a viejo. ¿Cómo lo sobrellevaría él? ¿Qué haría al verse mayor y con una necesidad incontenible de hablar con alguien?

A las nueve volvieron a congregarse en la sala de reuniones.


—Tendremos que retomarlo donde lo dejamos —comenzó Wallander—. Por fuerza ha de haber una explicación, aunque aún no sepamos cuál es.

—Estoy de acuerdo —dijo Martinsson—. Suecia es un país con poca densidad de población y no hay problemas para localizar o identificar a las personas que viven aquí. Así era también hace sesenta años, aunque por entonces todavía no contábamos con el número codificado de identidad que ahora se nos asigna y que nos sigue desde la cuna hasta la tumba. Por lo tanto, alguien tuvo que echar de menos a esas personas. Alguien tuvo que preguntar por ellas.

A Wallander se le ocurrió una idea.

—Tienes razón. Alguien debería haberlos echado de menos. Dos personas de unos cincuenta años, desaparecidas. Pero si, pese a todo, resulta que nadie los echó de menos, que nadie se preguntó qué pasó, eso también nos dice algo.

—Nadie los echó de menos porque nadie supo que habían desaparecido, ¿no es eso?

—Puede. Pero también podría ser que los hubieran echado en falta, pero no aquí.

—Ahora sí que no te sigo —reconoció Martinsson.

Stefan intervino:

—Estás pensando en la segunda guerra mundial. Ya hemos hablado de eso antes. Escania era una tierra fronteriza, rodeada de países en guerra. Los bombarderos alemanes e ingleses efectuaban aterrizajes de emergencia en nuestros sembrados y llegaban refugiados de todas partes.

—Más o menos —dijo Wallander—. No quisiera que sacáramos conclusiones prematuras, sólo creo que debemos mantener la mente despejada.

Existen muchas explicaciones posibles, no sólo las que nuestra experiencia nos apunta como más verosímiles. O sea, que puede haber una explicación en la que aún no hayamos reparado. Sólo quería decir eso.

—Tampoco era del todo inusual que la gente se ganara un dinero extra haciéndose cargo de los refugiados y alquilándoles una habitación.

—¿Y quién pagaba?

—Tenían sus organizaciones. La gente adinerada ayudaba a quien lo había perdido todo. Era una fuente de ingresos adicional para los agricultores. Y, seguramente, libre de impuestos.

Martinsson alargó el brazo en busca de un archivador que había en la mesa.

—Nos ha llegado un informe adicional de Stina Hurlén —dijo—. No cambia sustancialmente lo que ya sabemos. La única novedad es que, según ha podido constatar, la mujer tenía los dientes en muy mal estado, mientras que la dentadura del hombre estaba prácticamente perfecta.

—¿Tú crees que los dentistas tendrán archivos tan antiguos?

—No estaba pensando en eso. Stina Hurlén tampoco. Era simplemente una constatación. La dentadura de uno de los cráneos tiene muchos arreglos; la del otro, los dientes perfectos. También eso quiere decir algo, aunque no sepamos qué.

Wallander anotó «dientes» en un papel de su bloc.

—¿Dice algo más?

—Nada de interés por ahora. Además del golpe en la cabeza, el hombre sufrió una fractura en un brazo. El brazo izquierdo. Puede ser importante si averiguamos su identidad.

—No *si,* sino *cuando* la averigüemos. Además, tenemos que informarnos de lo de los antiguos archivos de odontología.

Revisaron de nuevo todo el material de la investigación. Había muchas pistas sobre las que aún no habían empezado a indagar. Se despidieron a la hora del almuerzo, después de trazar un plan para los siguientes días.

Cuando Stefan Lindman se hubo marchado, Martinsson retuvo a Wallander en la sala.

—¿Y la casa? ¿Qué hacemos con ella?

—Por ahora no me lo planteo, la verdad. Supongo que lo entiendes.

—Por supuesto que sí, pero estaba pensando darte algo más de tiempo. Mi mujer está de acuerdo, quién sabe si no lo ves de otro modo cuando hayamos identificado los cadáveres.

Wallander negó con la cabeza.

—Yo creo que deberíais buscar otro comprador —insistió—. No me veo capaz de vivir en lo que probablemente fue el escenario de un crimen. Y nada puede cambiar eso, ni siquiera que resolvamos el caso.

—¿Estás seguro?

—Totalmente seguro.

Martinsson parecía decepcionado, pero se fue sin decir nada. Wallander abrió una botella de agua mineral y se sentó apoyando los pies en la mesa.

Había tenido una casa en sus manos, pero de repente se había convertido en dos cadáveres que llevaban años y años enterrados y que ahora habían salido a la superficie.

Le habría gustado que la casa no le hubiera salido rana, como si fuera un troll que revienta a la luz del día.

No recordaba la última vez que había sentido tal abatimiento. ¿A qué se debería? ¿Sería por su incapacidad para sobrellevar el desengaño? ¿O habría otro motivo?

## 21

Hacía muchos años que Wallander había aprendido que una de las cualidades imprescindibles para un policía era la paciencia. Siempre se presentaban días en que no ocurría nada, días en que la investigación se encallaba y se resistía a moverse hacia delante o hacia atrás. En esos casos, había que cargarse de paciencia, aguardar expectante el momento en que pudieran resolver el problema. Los policías podían trabajar rápido, como presa de una gran ansiedad, pero jamás debían perder la paciencia los días en que nada sucedía.

Y transcurrieron dos días en que nada sucedió, al menos en apariencia. Wallander y sus colegas siguieron rebuscando en archivos cada vez más recónditos, hurgaban bajo tierra, como animales cavando túneles en la oscuridad. De vez en cuando se reunían para tomar un café, se ponían al corriente de las pesquisas y después cada uno volvía a lo suyo.

Al otro lado de las ventanas de la comisaría, el tiempo parecía incapaz de decidir si llegaría el invierno o no. Un día hacía frío y veían caer los copos formando ondas en su descenso hasta el suelo; al día siguiente el termómetro volvía a subir por encima de los cero grados y el Báltico les traía la tristura de las borrascas.

El 6 de diciembre, unos minutos después de las nueve de la mañana, sonó el teléfono que Wallander tenía en la mesa atestada de documentos. Dio un respingo, echó mano del auricular y respondió. Al principio no reconoció la voz. Era una mujer que hablaba con un marcadísimo acento de Escania.

Luego cayó en la cuenta de que estaba hablando con una persona a la que conocía. Se trataba de Katja Blomberg.

—He estado pensando —confesó Katja—, pensando sin parar desde que hablé contigo. Además, he leído las noticias sobre esas dos personas desaparecidas. Y entonces me he acordado de una cosa. Una caja que hay en el desván.

—A ver, no sé si te estoy entendiendo.

—Todo lo que guardo de mis abuelos está en una caja vieja. Lleva en el desván desde que murieron. El nombre de Ludvig Hansson me sonaba, el robo fue en su casa. Así que he ido a mirar en la caja. Llevaba años sin tocarla. Y resulta que hay algunos diarios. Bueno, en realidad son más bien una especie de dietarios. Pertenecieron a Ludvig Hansson. Y he pensado que tal vez querríais echarles un vistazo.

—¿Dietarios?

—Sí, donde anotaba cuándo sembraba, cuándo cosechaba, cuánto costaba lo que compraba... Y, además, de vez en cuando escribía otras cosas.

—Ya. ¿Qué cosas?

—Sobre la familia y los amigos, sobre quienes iban de visita...

Wallander empezó a interesarse.

—Y escribió esos dietarios durante la guerra, ¿no?

—Sí.

—Pues me gustaría verlos. Si puede ser, ahora mismo.

—Te los llevo enseguida.


Una hora después, Katja Blomberg volvía a fumar en su despacho. Había dejado sobre la mesa una vieja caja de madera.

Contenía, efectivamente, unos dietarios de piel negra. Los años a los que correspondían estaban grabados en dorado sobre las tapas. En el interior, Ludvig Hansson había escrito su nombre. En la caja había cuatro: 1941, 1942, 1943 y 1944. Y un montón de facturas antiguas. Wallander se puso las gafas y empezó a hojearlos. Comenzó por el de 1941. Tal y como le había dicho Katja Blomberg, Ludvig Hansson había anotado información sobre la siembra y la cosecha, sobre una trilladora que se había estropeado y un caballo que murió «de una forma muy extraña el 12 de septiembre». También sobre las vacas y los litros de leche ordeñada, sobre la matanza del cerdo y la venta de huevos. En ocasiones, Hansson anotaba la temperatura que hacía, sobre todo cuando era extrema. En diciembre de 1943 había hecho «un frío del demonio» durante una semana entera, mientras que en julio de 1942 el tiempo, decía, «es demasiado seco para esperar nada bueno de la cosecha».

Wallander leía sin cesar. Leyó sobre la celebración de cumpleaños de personas para él desconocidas y sobre entierros que resultaban «dolorosos» o «demasiado largos». Y Katja Blomberg seguía allí, encendiendo un cigarrillo tras otro.

Wallander llegó al último dietario, el correspondiente al año 1944, sin conocer mejor a Ludvig Hansson y con la sensación de no haber hallado ningún detalle que arrojase alguna luz sobre el hallazgo de los esqueletos.

De repente, se quedó mirando el dietario. Se había detenido en el día 12 de mayo de 1944. Ludvig Hansson había escrito:

«Han llegado los estonios. Son tres, el padre, la madre y un hijo. Kaarin, Elmo e Ivar Pihlak. Adelanto pagado».

Wallander frunció el ceño. ¿Quiénes eran aquellos estonios? ¿A qué adelanto se refería? Pasó lentamente las hojas. El 14 de agosto, otra anotación rezaba: «Los pagos, puntuales, como de costumbre. Los estonios son amables y no ocasionan ningún problema. Buen negocio». ¿En qué consistía el buen negocio? Siguió hojeando. Por fin, el 21 de noviembre había una nueva nota, la última: «Ya se han ido. No lo han dejado muy limpio».

Wallander examinó los documentos sueltos que había en la caja sin que nada despertase su interés.

—Necesito quedarme estos dietarios —dijo—. Por supuesto, dentro de unos días te devolveremos la caja con todo lo que contiene.

—¿Has encontrado algo interesante?

—Quizá sí. Parece que, en 1944, vivió en la casa una familia estonia que llegó el 12 de mayo y se marchó a finales de noviembre.

Wallander se despidió de ella, no sin antes darle las gracias. La mujer se marchó. Sobre la mesa quedaron los cuatro dietarios. «¿Explicará esto los cadáveres?», se preguntó. «¿Una familia estonia que estaba viviendo en la finca en 1944? Sin embargo», reflexionó, «dice que se marcharon, no murieron aquí. Ludvig Hansson no los mató.»


Martinsson se disponía a salir para almorzar cuando Wallander entró en su despacho. Le pidió que le concediese unos minutos. Fue a buscar a Stefan Lindman, que estaba inmerso en uno de los innumerables registros y archivos de cuya revisión era responsable. Los tres se sentaron en el despacho de Martinsson. Wallander les contó las novedades mientras Martinsson hojeaba los dietarios.

Cuando Wallander acabó su relato, Martinsson parecía dubitativo.

—No me parece muy verosímil.

—Es la primera pista concreta que tenemos.

—Ya, pero son tres personas. Una familia entera. Y sólo tenemos dos esqueletos. Nyberg está seguro de que no hay más.

—Puede que el tercero esté enterrado en otra parte.

—Pues si partimos de la base de que estaban aquí de forma ilegal o en secreto, no será fácil rastrearlos.

—Sí, pero tenemos los nombres. Tres nombres. Kaarin, Elmo e Ivar Pihlak. Sea como sea, yo pienso indagar más sobre ellos.

Martinsson se levantó para irse a comer. Ya iba con retraso.

—Yo en tu lugar empezaría por el censo —dijo antes de marcharse—. Aunque no es probable que figuren en él.

—Sí, es el mejor sitio para empezar —convino Wallander—. Después ya veremos.

Salió de la comisaría. Pensó que debería ir a comer. Había tantas cosas que debería hacer...

Por un instante, cuando se vio al volante, con las llaves del coche en la mano, lo invadió de nuevo la apatía. Luego se animó, puso el motor en marcha y salió decidido a buscar a la familia estonia.

## 22

La mujer que había detrás del mostrador de la oficina del censo lo escuchaba amablemente, pero cuando Wallander terminó de contarle la historia, su reacción no fue muy alentadora.

—Pues no va a ser fácil —aseguró la mujer—. No eres el primero que viene preguntando por personas de los estados bálticos que vivieron en Escania durante la guerra. Eres el primer policía, eso sí, pero, como te digo, no eres el primer ciudadano que viene a indagar sobre lo mismo. En particular, familiares. Y rara vez logramos localizarlos.

—¿Por qué?

—Cuando llegaron, algunos daban nombres falsos. Otros muchos carecían de documentación. Sin embargo, la razón principal es, naturalmente, que en los estados bálticos ocurrieron muchas cosas tanto durante los años de la contienda como una vez terminada.

—¿Tienes idea de cuántos de esos refugiados no llegaron a registrarse jamás?

—Pues un investigador de Lund escribió hace unos años una tesis sobre el tema. Según la información que recogió, se registraron en torno al setenta y cinco por ciento.

La mujer se levantó y se alejó del mostrador. Wallander se sentó y se puso a mirar por la ventana. Ya había empezado a cavilar sobre cómo seguir adelante, pues no contaba con que aquellas pesquisas le llevaran a algún lado.

Por un instante lo invadió el impulso de irse de allí. De subir al coche y dejar Escania para no volver jamás. Pero ya era demasiado tarde para grandes cambios, y lo sabía. A lo sumo, tal vez encontrara un día la casa y el perro con los que soñaba. Quizá incluso conocería a una mujer que se convertiría en la compañera que necesitaba. Linda tenía razón, se estaba volviendo un viejo apático y cascarrabias.

Irritado, ahuyentó aquellos pensamientos. Acto seguido apoyó la espalda en la pared y cerró los ojos.

Se despertó al oír su nombre. Cuando abrió los ojos, vio que la mujer lo miraba con un documento en la mano.

—A veces peco de pesimista —afirmó—. Quizá haya encontrado lo que buscabas.

Wallander se levantó de un salto.

—¿De verdad?

—Pues sí, eso parece.

La mujer se sentó ante su escritorio y Wallander se acomodó enfrente. Ella empezó a leer el documento. Wallander se dio cuenta de que era miope, pero no usaba gafas.

—Kaarin, Elmo e Ivar Pihlak llegaron a Suecia procedentes de Dinamarca en febrero de 1944 —declaró—. Al principio vivieron en Malmö, luego los acogió Ludvig Hansson, con cuyo domicilio se inscribieron en el censo. En noviembre de ese mismo año salieron del país y se dirigieron a Dinamarca. Está registrado aquí.

—¿Cómo puedes estar segura?

—Durante la guerra, en los registros se introducía información sobre los refugiados. Fue su hijo quien vino a declarar que salieron del país.

Wallander estaba desconcertado.

—A ver, me he perdido, ¿qué hijo?

—Ivar. Él vino a declarar que sus padres habían dejado Suecia en noviembre de 1944.

—¿Y qué hizo él?

—Se quedó y obtuvo el permiso de residencia permanente. Más tarde, en 1954 para ser exactos, consiguió la ciudadanía sueca.

Wallander contenía la respiración. Trataba de pensar con calma. Tres estonios llegan a Suecia en 1944. El padre, la madre y un hijo. En noviembre de ese mismo año, los padres vuelven a trasladarse a Dinamarca, de donde habían llegado, mientras que el hijo permanece en Suecia. Y es él quien declara ante las autoridades suecas que sus padres han abandonado el país.

—Supongo que no es posible saber si ese hijo sigue vivo o dónde reside, ¿verdad?

—Es más que posible. Hace muchos años que está censado en Ystad. Tiene el domicilio en Ekudden. Es una residencia de ancianos próxima a la antigua prisión.

Wallander sabía dónde estaba.

—¿Quieres decir que está vivo?

—Sí. Tiene ochenta y seis años. Pero está vivo.

Wallander se quedó un momento pensativo, con la mirada perdida. Después le dio las gracias con un gesto y salió de la oficina.

## 23

Al salir de Ystad, Wallander paró a tomarse un perrito caliente en una gasolinera. Seguía sin estar seguro de lo que significaba la información que le habían facilitado en la oficina del censo, si es que significaba algo.

Antes de continuar, se tomó un café en un vaso de plástico.

La residencia Ekudden, situada junto a la carretera de Trelleborg, era un enorme edificio antiguo, rodeado de un jardín y con vistas al mar y a la bocana del puerto de Ystad. Wallander aparcó el coche y cruzó la verja. Unos hombres entrados en años jugaban a la petanca en uno de los senderos de grava. Entró en el edificio, saludó con amabilidad a dos ancianas que hacían punto y llamó a una puerta cuyo letrero rezaba «Secretaría». Le abrió una joven de unos treinta años.

—Hola, soy Kurt Wallander, de la policía de Ystad.

—Sí, conozco a tu hija Linda —dijo la mujer, jovial—. Fuimos al mismo colegio, hace ya un montón de años. Una vez me invitó a su casa, en Mariagatan, y tú llegaste de pronto. Recuerdo que al verte entrar por la puerta me asusté muchísimo.

—¿De mí?

—Pues sí. Te veía tan alto...

—Pues no me tengo por demasiado alto... En fin, ¿sabías que Linda ha vuelto a Ystad?

—Sí, me la encontré un día por la calle. Sé que ha entrado en la policía.

—¿Y a ti te parece peligrosa?

La joven se echó a reír. Llevaba en la blusa una tarjeta con su nombre: Pia.

—Quería hacerte una pregunta —dijo Wallander—. Me han informado de que aquí vive un hombre llamado Ivar Pihlak.

—Pues sí, Ivar vive aquí. Tiene la habitación en la segunda planta, al final del pasillo.

—¿Y está aquí ahora?

Pia lo miró sorprendida.

—Los ancianos que viven aquí rara vez no están.

—¿Sabes si tiene familiares?

—Jamás ha recibido ninguna visita. Yo creo que no tiene familia. Sus padres viven en Estonia. O vivían. Sí, ahora recuerdo que una vez mencionó que, al morir ellos, se quedó sin parientes.

—¿Cuál es su estado de salud?

—Tiene ochenta y seis años. La cabeza en su sitio. Pero con las limitaciones físicas propias de esa edad. ¿Para qué quieres verlo?

—Un asunto rutinario.

Wallander intuyó que la muchacha llamada Pia no se había creído su respuesta. O por lo menos, no del todo. Sin embargo, sin hacerle más preguntas, lo guió hasta la escalera y lo acompañó a la segunda planta.

Ivar Pihlak tenía entreabierta la puerta de la habitación. Pia dio unos golpecitos.

Junto a una mesita, delante de la ventana, había un hombre de pelo cano haciendo un solitario con los naipes. Levantó la vista y sonrió.

—Tienes visita —dijo Pia.

—Vaya, qué ilusión —respondió el hombre.

Wallander no detectó ni rastro de acento extranjero.

—Pues aquí os dejo —dijo Pia antes de alejarse por el pasillo.

El hombre se había levantado y, mientras se daban un apretón de manos, sonrió a Wallander. Tenía los ojos azules y le estrechó la mano con fuerza.

Wallander pensó que aquello era un error. El hombre que tenía delante no podría resolver el misterio de los dos esqueletos.

—No he oído bien tu nombre —dijo Ivar Pihlak.

—Kurt Wallander, de la policía de Ystad. Hace muchos años, durante la guerra, viviste con tus padres en una finca a las afueras de Löderup. Pertenecía a un hombre que se llamaba Ludvig Hansson. Pasasteis allí algo más de seis meses, luego tus padres regresaron a Dinamarca, mientras que tú te quedaste en Suecia. ¿Es así?

—Qué curioso que alguien venga a hablarme de esto ahora, después de tantos años...

Ivar Pihlak se lo quedó mirando con sus ojos azules. Era como si las palabras de Wallander, además de sorprenderle, también hubieran despertado en él cierta melancolía.

—Así que es cierto, ¿no?

—Sí, mis padres se fueron a Dinamarca en noviembre de 1944. La guerra estaba llegando a su fin. Muchos de sus amigos estonios se habían quedado allí. Creo que no se sentían muy a gusto en Suecia.

—¿Podrías contarme lo que ocurrió?

—Claro, pero ¿por qué te interesa tanto?

Wallander sopesó un instante si mencionar los cadáveres hallados en Löderup, pero al final decidió no hacerlo.

—Es una cuestión de rutina, sólo eso. ¿Qué ocurrió?

—Después de pasar unos meses en Dinamarca, en junio de 1945 mis padres volvieron a Estonia, a su casa de Tallin. Estaba parcialmente destruida, pero la reconstruyeron.

—Tú, en cambio, no te marchaste, ¿no?

—Yo no quería volver. Me quedé en Suecia. Y jamás me he arrepentido de esa decisión. Pude estudiar ingeniería.

—¿No tienes familia?

—No, las cosas fueron así. Y ahora que soy viejo lo lamento a veces.

—¿Vinieron a verte tus padres alguna vez?

—No, más bien era yo quien iba a Estonia. Como sabes, los años posteriores a la guerra fueron tiempos difíciles en aquel país.

—¿Cuándo murieron tus padres?

—Mi madre falleció en 1965, y mi padre a principios de la década de 1980.

—¿Qué fue de su casa?

—Una tía mía se hizo cargo de todo. Yo asistí al entierro, en las dos ocasiones. Y me traje a Suecia algunas de sus cosas, pero me deshice de ellas cuando me mudé a la residencia. Como ves, aquí no hay mucho espacio.

Wallander no tenía nada más que preguntar. La situación se le antojaba absurda. El hombre de los ojos azules lo miraba sin apartar la vista en ningún momento y hablaba con voz serena y apacible.

—Bueno, pues no te molesto más —dijo Wallander, y al poco se despidió de él.

Wallander cruzó el jardín. Al ver que los hombres seguían jugando a la petanca, se detuvo a observarlos un rato. Algo había empezado a inquietarlo. No era capaz de identificar de qué se trataba, salvo que tenía que ver con la conversación que acababa de mantener con el anciano.

Enseguida comprendió a qué se debía aquella sensación. Era como si las respuestas del hombre fueran un diálogo aprendido. Tenía una réplica para todas sus preguntas, y a todas había contestado con mayor rapidez y exactitud de la cuenta.

«Serán figuraciones mías», pensó. «Veo fantasmas donde no los hay.»

Volvió a la comisaría.


Linda estaba tomando un café en el comedor de la comisaría. Se sentó a su lado y se comió unas galletas de canela y jengibre que había en un plato.

—¿Cómo va el caso? —preguntó Linda.

—Pues no va en absoluto. Estamos estancados.

—¿Cenas en casa esta noche?

—Sí, lo más seguro.

Linda se levantó y regresó a sus obligaciones. Wallander apuró el café y volvió a su despacho.

La tarde iba transcurriendo lentamente.

Y cuando estaba a punto de irse a casa, sonó el teléfono.

## 24

Reconoció su voz casi antes de que dijera su nombre. Era Pia, la muchacha de la residencia.

—No sabía adónde llamar —aseguró.

—¿Qué ha pasado?

—Ivar no está.

—¿Qué quieres decir?

—Que no está. Que se ha escapado.

Wallander se sentó de nuevo. El corazón empezó a latirle aceleradamente.

—Más despacio —dijo—. Cuéntamelo más despacio. ¿Qué ha pasado?

—Lo echamos de menos hace una hora, al ver que no bajaba a cenar, así que subí a su habitación, pero allí no estaba. Y el chaquetón tampoco. Lo hemos buscado en la residencia y por el jardín, y hasta en la playa. Nada, no está. Luego ha llegado Miriam, dice que su coche ha desaparecido.

—¿Quién es Miriam?

—Mi compañera en la secretaría. Cree que Ivar se ha llevado su coche.

—¿Y por qué iba a llevarse el coche?

—No lo sé, pero Miriam no suele cerrar el coche con llave. E Ivar hablaba a menudo de lo mucho que le gustaba conducir.

—¿Qué coche tiene?

—Un Fiat azul oscuro.

Wallander lo anotó. Después reflexionó un instante.

—¿Estás segura de que no sigue en algún lugar de la residencia o del jardín?

—Lo hemos buscado por todas partes.

—¿Por qué crees que se habrá ido?

—La verdad es que pensaba que podrías explicármelo tú.

—Puede que sepa dónde se encuentra. No estoy seguro, pero es posible. Si lo encuentro, te llamaré dentro de una hora. Si no lo encuentro, se convertirá en un asunto policial y, en ese caso, sopesaremos la posibilidad de poner en marcha algún operativo de búsqueda.

Wallander colgó. Permaneció unos segundos inmóvil. ¿Estaría en lo cierto? ¿Sería ésa la explicación del malestar que sentía antes?

Se levantó del asiento. Eran poco más de las cinco y media de la tarde. Ya había oscurecido. Soplaba un viento racheado.

Cuando Wallander vio desde lejos que había luz en una de las ventanas, se despejaron sus dudas. Había acertado. Ivar Pihlak se había dirigido a la casa donde una vez había vivido con sus padres.

Wallander aparcó el coche al borde de la carretera y apagó el motor. Salvo la débil luz de la ventana, no había más que oscuridad a su alrededor. Sacó una linterna que guardaba bajo el asiento y empezó a caminar hacia la casa. Sentía los latigazos del viento en la cara. Cuando llegó a la casa vio que dos de las lámparas de la sala de estar estaban encendidas. Una de las ventanas de la cocina tenía el cristal roto y los pestillos abiertos. Ivar Pihlak había colocado delante de esa ventana una silla de jardín para poder entrar. Wallander miró por la ventana, pero no lo vio. Decidió entrar por el mismo camino, por la ventana rota de la cocina. Ni por un momento pensó que debía tener miedo del anciano que había en la casa, un anciano atrapado por su destino.

Saltó por la ventana. Se quedó un instante inmóvil, atento a cualquier ruido. En ese instante lamentó haber ido solo a la finca. Rebuscó en el bolsillo para ver si llevaba el móvil y recordó que lo había dejado en el asiento del coche cuando se agachó para coger la linterna. Tenía que tomar una decisión. ¿Debía quedarse o salir otra vez por la ventana y llamar a Martinsson? Optó por esto último. Salió y se dirigió hacia el coche.

Nunca supo si fue el instinto o si realmente oyó un ruido a su espalda, pero, antes de poder darse la vuelta, sintió un golpe en la nuca, se le nubló la vista y cayó al suelo.

Cuando se despertó estaba sentado en una silla. Tenía los pantalones y los zapatos llenos de barro. Y la cabeza le zumbaba con un dolor sordo.

En el suelo, delante de él, estaba Ivar Pihlak. Tenía un arma en la mano. Una pistola antigua, según pudo ver Wallander. Una vieja pistola del ejército alemán. Los ojos de Ivar Pihlak seguían siendo azules, pero se le había borrado la sonrisa. Se le veía simplemente cansado. Cansado y muy viejo.

Wallander pensó febrilmente. Ivar Pihlak se había agazapado en la oscuridad y lo había golpeado. Después lo había arrastrado hasta el interior de la casa. Echó una ojeada al reloj. Las seis y media. Por lo tanto, no había estado inconsciente mucho rato.

Trató de calibrar la situación. El arma con la que Ivar Pihlak le apuntaba era peligrosa, no importaba que quien la sostuviera fuese un hombre de ochenta y seis años. No debía infravalorar a Ivar Pihlak. Lo había golpeado y, ese mismo día, había robado el coche con el que llegó a Löderup.

Wallander estaba asustado. «Habla con calma», se dijo. «Habla con toda la calma que puedas, y escucha, sin acusaciones. Sólo habla y escucha con serenidad.»

—¿Para qué has venido? —preguntó entonces Ivar Pihlak. Volvía a parecer apenado, como lo había notado en cierto momento en la residencia. Pero también tenso.

—¿Por qué he venido aquí o por qué fui a verte a la residencia?

—¿Para qué has venido? —repitió—. Soy un anciano, pronto estaré muerto. No quiero preocupaciones. Llevo toda la vida preocupándome.

—Lo único que quería era comprender, saber qué había ocurrido —dijo Wallander despacio—. Hace unas semanas vine a ver la casa. Para comprarla, quizá. Entonces pisé por casualidad unos huesos en el jardín, una mano.

—No es verdad —replicó Ivar Pihlak.

De repente parecía ansioso e impaciente, hablaba con voz chillona. Wallander contenía la respiración.

—Lleváis persiguiéndome toda la vida —continuó Ivar Pihlak—. Hace más de cincuenta años que andáis tras de mí. ¿Por qué no me dejáis en paz? Ya sólo me queda el epílogo: morir.

—Fue pura casualidad. Lo único que queremos es averiguar quiénes son los muertos.

—No es verdad. Queréis meterme en la cárcel. Queréis que muera en una celda.

—Todos los delitos prescriben a los veinticinco años. Digas lo que digas, no puede pasarte nada.

Ivar Pihlak cogió una silla y se sentó, sin dejar de apuntar a Wallander con la pistola.

—Te prometo que no haré nada —dijo Wallander—. Puedes atarme si quieres, pero aparta la pistola.

Ivar Pihlak no respondió. Seguía apuntando el arma con mano firme a la cabeza de Wallander.

—Tenía miedo, naturalmente. Todos estos años he temido que me encontrarais —dijo al cabo de un rato.

—¿Habías vuelto aquí alguna vez en todo este tiempo?

—Nunca.

—¿Nunca?

—Ni una sola vez. Estudié ingeniería en la Universidad de Chalmers, en Gotemburgo. Luego, a mediados de los años sesenta, entré a trabajar en una empresa de maquinaria de Örnsköldsvik. Después me trasladé a Gotemburgo y durante varios años trabajé en los astilleros de Eriksberg. Y de ahí me fui a Malmö. Pero no volví nunca a

Löderup ni a la casa, nunca jamás. Hasta que vine a la residencia de Ekudden.

Wallander se dio cuenta de que Ivar Pihlak había empezado a hablar. Era el principio de un relato. Trató de moverse un poco en la silla sin que se notara, para que el arma no le apuntase directamente a la cara.

—¿Por qué no podíais dejarme en paz?

—Tenemos que averiguar quiénes son los muertos. Es el trabajo de la policía.

Ivar Pihlak se echó a reír.

—Nunca imaginé que se descubriría. Al menos, no estando yo vivo. Pero ha ocurrido. Hoy te has presentado en mi habitación y te has puesto a hacerme preguntas sobre mis padres.

—Hemos encontrado dos esqueletos, uno perteneciente a un hombre, y el otro a una mujer, los dos de unos cincuenta años. Y llevan ahí más de cincuenta. A los dos los asesinaron. Eso es todo.

—Pues no es mucho.

—Sé una cosa más. La mujer tenía muchos empastes, mientras que la dentadura del hombre estaba casi perfecta.

Ivar Pihlak asintió despacio.

—Era un tacaño. No consigo mismo, pero sí con todos los demás.

—¿Te refieres a tu padre?

—¿Y a quién, si no?

—Hago preguntas para las que necesito respuestas, nada más.

—Era tan rematadamente tacaño... Y perverso. Hasta que a ella no empezaron a pudrírsele los dientes, no la dejó ir al dentista. Mi madre acabó por creer que ella no valía nada. Y él solía humillarla despertándola a medianoche y obligándola a ponerse desnuda a cuatro patas y a decir una y otra vez lo inútil que era, así hasta el amanecer. Le tenía tanto miedo que le temblaba todo el cuerpo cuando él estaba cerca.

Ivar Pihlak calló de pronto. Wallander esperaba a que continuase. El arma seguía apuntándole directamente a la cabeza. Intuía que continuarían un buen rato así, midiendo sus fuerzas, pero Wallander acechaba el instante en que Ivar perdiera la concentración. Entonces tendría la oportunidad de abalanzarse sobre él y desarmarlo.

—Durante todos estos años me he preguntado muchas veces cómo es que mi madre no lo abandonó —prosiguió Ivar Pihlak—. Yo la despreciaba, pero, al mismo tiempo, sentía lástima de ella. ¿Cómo puede una persona abrigar sentimientos tan encontrados? Todavía no he hallado la respuesta. Pero si ella se hubiera ido, no habría sucedido jamás.

Wallander adivinaba un dolor inmenso en todo lo que decía Ivar Pihlak, pero seguía sin conocer el origen de ese dolor.

—Un día ella se hartó —continuó el anciano—. Se ahorcó en la cocina. Y entonces me harté yo...

152

—Entonces lo mataste, ¿no?

—Era de noche. Debí de despertarme cuando mi madre dio la patada a la silla a la que se había subido. Mi padre, en cambio, siguió durmiendo. Le golpeé la cabeza con un martillo. Cavé las dos zanjas aquella misma noche. Antes de que amaneciera, estaban enterrados y la tierra en su sitio otra vez.

—Pero los groselleros no quedaron como estaban.

Ivar Pihlak miró a Wallander extrañado.

—Así fue como te diste cuenta, ¿no?

—¿Qué pasó después? —quiso saber Wallander.

—Las cosas vinieron rodadas. Informé de que habían abandonado el país. No había control de lo que ocurría, la guerra aún no había terminado, todo era un caos: gente que huía de un lado a otro, sin identidad, sin raíces, sin destino. Así que me mudé primero a Sjöbo y, después de la guerra, a Gotemburgo. Durante mi época de estudiante viví de alquiler, en diversas habitaciones. Me ganaba la vida trabajando en el puerto. Entonces tenía los brazos fuertes.

El arma seguía apuntándole, pero Wallander tenía la sensación de que Ivar Pihlak había bajado un poco la guardia. Con mucho disimulo, colocó los pies para poder tomar impulso si se presentaba la ocasión de saltar sobre él.

—Mi padre era un monstruo —dijo Ivar Pihlak—. Nunca me he arrepentido. Pero tampoco he podido rehuir el castigo. Continuamente veo su sombra a mi alrededor. Hasta creo ver su cara y oírlo decir: «De mí no te librarás».

De repente, Ivar Pihlak rompió a llorar. Wallander dudó un instante, pero comprendió que había llegado el momento. Se levantó de un salto y se precipitó hacia Ivar Pihlak. Sin embargo, se había equivocado al calcular los reflejos del anciano, que se apartó a un lado y, con la culata, asestó a Wallander un golpe en la cabeza. No le atizó demasiado fuerte, pero sí lo suficiente como para que cayera inconsciente de nuevo. Cuando volvió en sí, vio a Ivar Pihlak inclinado sobre él.

Wallander se dio cuenta enseguida de que el hombre estaba fuera de sí. Otra vez le apuntaba con el arma a la cabeza.

—¡Deberías haberme dejado en paz! —le gritó—. ¡Deberías haberme dejado morir con mi vergüenza y mi secreto! Era lo único que pedía. Y has venido a estropearlo todo.

Wallander comprendió con horror que el anciano había cruzado un límite, y que no tardaría en disparar. Cualquier nuevo intento de reducirlo estaría condenado al fracaso.

—Te dejaré en paz —dijo Wallander—. Ya sé que lo hiciste tú, pero no pienso desvelar nada.

—Demasiado tarde. ¿Por qué había de creerte? Me has atacado pensando que podrías reducir sin dificultad a un viejo como yo.

—No quiero morir.

—Ya. Nadie quiere, pero al final morimos todos.

Ivar Pihlak dio un paso y se le acercó un poco más. Ahora sujetaba el arma con las dos manos. Wallander quería cerrar los ojos, pero no se atrevía. La imagen de la cara de Linda le cruzó por la mente como una ráfaga.

Ivar Pihlak disparó. Pero no hirió a Wallander. No se produjo ningún disparo. Cuando Ivar Pihlak apretó el gatillo, el arma explotó violentamente. Las esquirlas de metal de la vieja pistola alcanzaron a Ivar Pihlak en la frente, le abrieron una profunda brecha y, antes de caer al suelo, estaba muerto.

Wallander se quedó inmóvil un buen rato. Sentía una alegría inmensa. Seguía vivo. El anciano, no. La vieja arma que tenía entre las manos no había obedecido sus órdenes en los últimos instantes de su vida.

Finalmente se levantó y se dirigió al coche con pasos inseguros. Llamó a Martinsson y le contó lo ocurrido.

Pese al viento que hacía, se quedó esperando en el jardín. No pensaba en nada. No quería nada. Tenía más que de sobra con seguir vivo.

Catorce minutos más tarde vio que se acercaban las primeras luces azules.

## 26

Dos semanas después, unos días antes de Navidad, Linda fue con su padre a la finca de Löderup. Ella había insistido en que debería ver la casa una vez más. Luego podría devolverle las llaves a Martinsson y empezar otra vez a buscar casa en serio.

Hacía un día frío y despejado. Wallander caminaba taciturno, con el gorro bien calado hasta las orejas. Después de recorrer el jardín, Linda le pidió que le enseñara el lugar donde había muerto Ivar Pihlak, y donde él mismo pensó que se lo llevaría la muerte. Wallander la condujo dentro y se lo señaló entre susurros, pero cuando Linda empezó a hacerle preguntas, él negó con un gesto. No había nada más que contar.

De regreso en Ystad fueron a comer a una pizzería. Acababan de ponerle el plato en la mesa cuando empezó a sentir náuseas. Fue un impulso repentino e inopinado, pero consiguió llegar a los aseos antes de que fuera demasiado tarde.

Linda se lo quedó mirando extrañada cuando volvió.

—¿Estás enfermo?

—Puede que hasta ahora no hubiera tomado conciencia de lo cerca que he estado de morir.

Se dio cuenta de que tampoco Linda lo había visto como una realidad hasta ese instante. Permanecieron un buen rato en silencio. Se les enfrió la comida. Más tarde, Wallander pensaría que nunca habían tenido un momento de unión tan intenso como aquél.

A la mañana siguiente, Wallander fue a la comisaría temprano. Llamó a la puerta del despacho de Martinsson. No estaba. Se oían villancicos procedentes de un aparato de radio de otro despacho. Wallander entró y dejó el llavero encima de la mesa de Martinsson.

Luego se fue de la comisaría y se dirigió al centro de la ciudad. Caía un aguanieve que se derretía formando charcos fangosos en las aceras.

Se detuvo delante de la mayor agencia inmobiliaria de Ystad. Los escaparates estaban cubiertos de anuncios de casas en venta situadas entre Ystad y Simrishamn.

Wallander se sonó la nariz. Vio una casa que le interesaba, a las afueras de Kåseberga.

Entró en las oficinas. En ese instante, todos los pensamientos en torno a Ivar Pihlak y su historia se convirtieron en un recuerdo. Cabía la posibilidad de que lo inquietasen en el futuro, pero sólo sería un recuerdo, nada más.

Se puso a hojear catálogos y a ver fotografías de distintas casas.

Perdió el interés por la que había visto en el escaparate, la de Kåseberga. La parcela era demasiado pequeña y las casas vecinas se encontraban demasiado cerca. Continuó hojeando. Había muchas viviendas y segregaciones de fincas entre las que elegir, pero por lo general tenían un precio demasiado alto. «Será que un policía pobre como yo tiene que vivir en un piso», se dijo con ironía.

Sin embargo, no pensaba rendirse. Encontraría la casa que buscaba. Y tendría un perro. Al año siguiente dejaría para siempre el apartamento de Mariagatan, lo tenía decidido.


Al día siguiente de la primera visita a la inmobiliaria, una fina capa blanca de nieve cubrió la ciudad y el ocre de los sembrados.

Ese año tuvieron una Navidad fría. Un viento gélido que venía del Báltico barría la región.

El invierno había llegado pronto a Escania.

# Epílogo

Escribí este caso protagonizado por Kurt Wallander hace muchos años, con vistas a una edición neerlandesa. Tiempo después, la BBC, que había localizado la historia, decidió inspirarse en ella para incluirla en el guión de la serie en la que Kenneth Branagh interpretaría a Wallander. Cuando vi la película, comprendí que la historia seguía viva.

Llegado el momento de hacer una lista con todos los títulos protagonizados por Kurt Wallander, vi la posibilidad de publicar de nuevo este librito «holandés» que no había visto la luz en ningún otro idioma.

Es cronológicamente anterior a *El hombre inquieto,* la novela que cierra la serie de Wallander.

Y ya no hay más relatos protagonizados por Kurt Wallander.

Henning Mankell
*Gotemburgo, octubre de 2012*

Posfacio
# Cómo empezó, cómo acabó
## y lo que ocurrió entretanto

En una caja, en un rincón del sótano de mi casa, hay un montón de diarios polvorientos. Se remontan a mucho tiempo atrás. Empecé a llevar un diario en 1965, aproximadamente. De manera intermitente pero continuada, podría decirse. Esos diarios contienen de todo, desde aforismos hasta simples recordatorios de aquello que no debo olvidar hacer al día siguiente. Están llenos de lagunas que a veces abarcan meses enteros. Pero también ha habido periodos en los que he escrito todos los días.

Hasta que llegó la primavera de 1990. Había regresado de una larga estancia ininterrumpida en África, donde por esa época vivía seis meses al año. Cuando volví a Suecia no tardé en descubrir que, durante mi ausencia, las tendencias racistas se habían extendido por todo el país de un modo preocupante. Suecia nunca estuvo libre de esta terrible lacra social, pero entonces comprobé que se había acentuado drásticamente.

Unos meses después decidí escribir sobre el racismo. En realidad, tenía otros planes literarios, pero me pareció que se trataba de una cuestión importante.

Más importante.

Cuando empecé a reflexionar sobre qué tipo de relato elegiría, comprendí enseguida que la vía natural sería una intriga policiaca. Sencillamente, porque los actos racistas son, según mi modo de ver las cosas, actos delictivos. Una consecuencia lógica de ello fue que necesitaría a un investigador, un experto en actos delictivos, un policía.

Un día de mayo de 1990, escribo en el diario (por desgracia, con una caligrafía apenas legible para nadie, salvo para mí mismo):

El día más cálido de esta primavera. Mucho canto de aves. Estaba pensando que el policía que pienso describir tiene que ser consciente de lo difícil que es ser un buen policía. Los delitos cambian al igual que las sociedades. Para llevar a cabo su labor, el policía debe saber lo que ocurre en la sociedad de la que forma parte.

Yo residía entonces en Escania. En el corazón de lo que podríamos llamar «el territorio Wallander». Vivía en una granja a las afueras de Trunnerup. Veía el mar y las torres de las iglesias desde la explanada. Cuando volví de mi paseo, cogí la guía telefónica. El primer nombre en el que me detuve fue «Kurt». Era corto y bastante normal. Le iría bien un apellido algo largo. Estuve buscando un buen rato, hasta que encontré el de «Wallander».

Ni corriente ni raro.

Así iba a llamarse mi policía. Kurt Wallander. Y se me ocurrió que podía nacer el mismo año que yo, en 1948. (Por más que los obsesos de los datos digan que no concuerda en todos los libros. Y sí, me figuro que no. Pero ¿qué concuerda en la vida?)

Todo aquello que uno escribe pertenece a una tradición. Mienten los escritores que se declaran por completo independientes de tradiciones literarias. Nadie se convierte en creador en una Tierra de Nadie.

Cuando empecé a reflexionar sobre cómo escribir *Asesinos sin rostro,* comprendí que la mejor «novela negra» y la más decisiva que me venía a la cabeza era el drama griego clásico. Es decir, que la tradición se remonta a más de dos mil años en el tiempo. Una obra como *Medea,* sobre una mujer que mata a sus hijos por celos de su marido, nos muestra al ser humano en el espejo del delito. Las contradicciones que existen entre nosotros y en nuestro interior. Entre los individuos y la sociedad, entre el sueño y la realidad. A veces dichas contradicciones afloran en forma de violencia, como es el caso de los enfrentamientos raciales. Y ese espejo de criminalidad puede rastrearse ya en los autores griegos clásicos.

Nos siguen inspirando aún hoy. La única diferencia entre entonces y ahora es que en aquella época no existía la policía como institución. Los conflictos se resolvían de otro modo. Y, muy a menudo, eran los dioses quienes gobernaban los destinos de los hombres. Ahora bien, ésa es, en términos generales, la única diferencia fundamental.

El gran autor noruego-danés Aksel Sandemose dijo en cierta ocasión —cito de memoria— que «el amor y el asesinato es lo único sobre lo que merece la pena escribir». Puede que tenga razón. Si hubiera añadido «el dinero», habría creado una tríada que, de un modo u otro, está presente siempre en la literatura, actual o pretérita, y seguramente también en la futura.

Escribí *Asesinos sin rostro* sin pensar ni remotamente que le siguieran otras novelas en las que apareciese el inspector Wallander, pero una vez publicado el libro, y al ver que, además, resultaba premiado, me di cuenta de que tal vez hubiera creado un instrumento con el que podría continuar interpretando música. Escribí otra novela, *Los perros de Riga*, que trataba de lo que ocurrió en Europa después de la caída del Muro de Berlín. Tomé un vuelo hasta Riga y desde entonces me he dicho más de una vez que debería escribir sobre las semanas que pasé en Letonia. Fue una época extraña. Las tensiones entre rusos y letones aún no habían estallado. Cuando quería hablar con un policía letón, tenía que hacerlo en secreto, en la penumbra de alguna taberna. Buena parte del ambiente de *Los perros de Riga* me vino dada, teniendo en cuenta lo difícil que resultaba navegar por un paisaje en el que ardían las tensiones políticas.

Aún no estaba del todo convencido de que los libros protagonizados por Kurt Wallander tuvieran que convertirse en una serie. Pero el 9 de enero de 1993 me senté en el apartamento de Maputo a escribir una tercera novela. Iba a llamarse *La leona blanca* y trataría de la situación en Sudáfrica. Nelson Mandela había salido de prisión unos años atrás, pero todavía reinaba entre la población el miedo a que estallara una guerra civil que sumiera al país en el caos. No era difícil comprender que lo peor que podría ocurrir era que asesinaran a Mandela. Nada podría entonces impedir que se produjera un baño de sangre.

Poco antes de empezar a escribir aquel libro, caí muy enfermo. Llevaba bastante tiempo en Maputo y no me encontraba bien. Estaba cansado, pálido, con insomnio. Temí que fuera malaria, pero los análisis desmentían que hubiera rastro de parásitos en la sangre.

Un día quedé con un buen amigo, que me miró y me dijo:

—¡Pero si estás totalmente amarillo!

No recuerdo ya cómo, me llevaron a un hospital de Johannesburgo. Una vez allí, constataron que desde hacía tiempo padecía una ictericia grave.

Me pasé las noches en que permanecí ingresado en el hospital dándole vueltas al argumento. Cuando me recuperé y pude volver a Maputo, tenía prácticamente lista la novela. Si no recuerdo mal, la última página fue la primera que escribí. ¡Allí era precisamente adonde yo quería llegar!

El 10 de abril de ese mismo año, 1993, cuando ya había enviado el original al editor, vi tristemente confirmada mi intuición: el Viernes Santo, un fanático partidario del *apartheid* asesinaba a Chris Hani, el presidente del Partido Comunista de Sudáfrica y número dos del Congreso Nacional Africano. No estalló una guerra civil, en gran medida gracias a la política inteligente de Nelson Mandela. Pero todavía hoy me pregunto qué habría ocurrido si la víctima hubiera sido él.

De las novelas de Wallander se ha dicho en más de una ocasión que se anticipan a acontecimientos que luego se producen. Y creo que es cierto. Creo firmemente que es posible predecir ciertos aspectos del futuro sin equivocarse. A mi juicio, era obvio que, cuando los antiguos estados del Este se abrieran y la Unión Soviética se desintegrara, irrumpiría en Suecia y en Europa occidental otro tipo de criminalidad. Y así ocurrió.

*El hombre sonriente* tiene como punto de partida el peor delito que se puede cometer o sufrir contra la propiedad privada, que no es la sustracción de pertenencias materiales. Lo que en esa novela se roba es una parte de una persona, un órgano que luego se vende para su posterior trasplante. Cuando empecé a escribir el libro, sabía que los delitos de esa índole no harían sino aumentar.

Hoy se han convertido en una industria que persiste y crece sin cesar.


¿Por qué ha alcanzado Wallander tanta popularidad en países y culturas tan diferentes? ¿Qué lo ha convertido en amigo de tantas personas? Naturalmente, yo mismo me lo he preguntado en más de una ocasión, y no he hallado ninguna respuesta definitiva, aunque sí explicaciones parciales.

Expongo a continuación la que me parece más verosímil.

Desde el primer momento, ya durante aquel paseo primaveral por los campos de Escania, tuve claro que debía crear a un hombre que fuese yo y que, al mismo tiempo, fuese el lector desconocido. Un hombre que evolucionara y cambiara, tanto mental como físicamente. Al igual que cambio yo, también cambiaría él.

Al cabo de un tiempo, eso derivó en lo que, con cierta ironía, llamo «el síndrome de la diabetes». Después de la tercera novela, le pregunté a mi amiga Victoria, que es médico y que había leído los libros de Wallander:

—¿Qué enfermedad endémica le atribuirías a ese hombre?

Y ella respondió sin asomo de vacilación:

—Diabetes.

Así fue como Wallander contrajo diabetes en el siguiente libro. Y gracias a eso ganó más popularidad aún.

Nadie se imagina a James Bond deteniéndose en plena calle mientras persigue a un malhechor para ponerse una inyección de insulina. Pero Wallander sí puede hacer algo así, lo que lo iguala a cualquier persona que padezca la misma enfermedad u otra parecida. Podría haber sufrido reumatismo, gota, arritmia cardiaca o una aguda hipertensión. Pero fue diabetes, y aún hoy la padece, aunque la tenga controlada.

Como es lógico, existen otras razones para que Kurt Wallander haya llegado a tantos lectores, pero yo creo que, a este respecto, su capacidad para evolucionar y cambiar es decisiva. Y en el fondo de todo ello hay algo extremadamente sencillo: sólo puedo escribir libros que a mí me gustaría leer. Y yo no sería capaz de leer un relato en el que o bien sé todo lo importante acerca del personaje principal después de la primera página, o bien comprendo que no cambiará en nada a lo largo de las próximas mil páginas.

En el mundo de la literatura y del arte se hacen amigos. Sherlock Holmes sigue recibiendo cartas en Baker Street. Yo también recibo cartas, correos electrónicos y llamadas telefónicas de muchos países. La gente me para por la calle, tanto en Gotemburgo como en Hamburgo, es muy amable y me hace preguntas que yo trato de responder lo mejor que puedo.

La mayoría son mujeres que quieren remediar la soledad de Wallander. Rara vez respondo a esas cartas. Tampoco creo que quienes las escriben esperen respuesta. Por lo general, son personas sensatas. No es posible vivir con un personaje de ficción literaria, por más que a uno le atraiga la idea. Esos personajes son como amigos imaginarios con los que puedes contar y a los que puedes recurrir en caso de necesidad. Una de las diversas misiones del arte y de la literatura consiste en proporcionarnos compañía. Yo he visto en algún cuadro a personas a las que espero encontrarme un día por la calle. En los libros y en las películas existen personas que terminan resultando tan vivas que esperamos verlas aparecer a la vuelta de una esquina. Wallander es una de esas personas que se esconden a la vuelta de una esquina, pero que nunca aparecen. Al menos a mí no me ha ocurrido.

En una ocasión me quedé casi sin respuesta. Fue en 1994. Los ciudadanos de Suecia debíamos decidir en las urnas si queríamos pertenecer o no a la Unión Europea. Yo iba caminando por Vasagatan, en Estocolmo. Un hombre de cierta edad se detuvo a mi lado. Era muy amable y muy culto y me preguntó si yo era quien le parecía que era. Le dije que sí. Y entonces me hizo la siguiente pregunta:

—Me gustaría saber si Kurt Wallander votará a favor o en contra de la Unión Europea.

Me lo preguntaba totalmente en serio, no cabía duda. Me lo preguntaba con una curiosidad auténtica. Pero ¿qué podía responder yo? Como es lógico, era algo que no se me había ocurrido plantearme. Reflexioné unos instantes sobre lo que sabía acerca del interés que el cuerpo de policía pudiera tener en que Suecia fuera miembro de la Unión Europea. Finalmente respondí:

—Creo que votará lo contrario de lo que vote yo.

Y acto seguido me fui de allí sin darle la oportunidad de seguir haciendo preguntas.

En aquella ocasión yo voté en contra de la adhesión a la Unión Europea. Es decir, Wallander votó a favor, estoy convencido.

Una pregunta que suelen formularme es qué libros lee Wallander.

Es una buena pregunta, puesto que resulta difícil de responder. Alguna vez he pensado que lee los libros que escribo yo, pero no estoy del todo seguro.

Por desgracia, no creo que Wallander sea un gran lector, y tampoco creo que lea poesía. Pero sí me imagino que le gustan los libros que tratan de la historia, tanto ensayos como novelas. Y creo que los libros de Sherlock Holmes son para él un antiguo amor.

Hay quienes creen que lo que voy a referir a continuación no guarda relación alguna con la verdad. No es así. No se trata de ningún mito. Sucedió realmente.

Hará unos quince años, empecé a escribir un libro cuyo protagonista sería Wallander. Llevaba unas cien páginas, es decir, la cantidad a partir de la cual uno empieza a creer en serio que aquello terminará siendo una novela.

Sin embargo, no fue así. Tras escribir unas cuantas páginas más, lo dejé y, literalmente, quemé lo que había escrito. Además, borré el archivo y, poco después, cuando cambié de ordenador, destruí el antiguo disco duro. Creo poder afirmar que no queda ni rastro de ninguna combinación de ceros y unos gracias a la cual sea posible reconstruir aquellas cien páginas.

Y no terminé aquella novela porque me resultaba desagradable. No me vi capaz. Trataba sobre el maltrato infantil. Ni que decir tiene que hoy sé que debería haberla escrito. En la actualidad es uno de los peores delitos que se cometen en el mundo, y Suecia no constituye una excepción. Pero en aquellos momentos me resultó demasiado duro. El tema me superaba.

Comprendo que haya quien dude de la veracidad de mis palabras, dado que en mis novelas describo sucesos terribles. Y tampoco me importa reconocer que muchos de ellos no han sido fáciles de plasmar en el papel. Pero sé que lo que ocurre en la vida real siempre es peor que lo que escribo. Mi imaginación nunca supera a la realidad. De ahí que, para no perder credibilidad, a veces deba escribir sobre temas espeluznantes.

Después de *La leona blanca* comprendí que el fenómeno Wallander se había convertido en un instrumento útil. Y en ese instante tomé además conciencia de que debía temer al personaje que había creado. A partir de ese momento existiría el peligro de que se me olvidara hacer sonar a toda la orquesta y de que lo dejara a él de solista. Lo esencial era tener siempre presente esta máxima: lo primero es el relato. Siempre. Y luego ver si Wallander era o no un buen instrumento para aquel relato concreto.

De vez en cuando me decía: «Ahora lo haré de otra manera». Y escribía libros en los que no aparecía Wallander, novelas que no trataban de crímenes, obras de teatro. Después podía volver con él; dejarlo, escribir otro tipo de libros, volver a utilizarlo.

Oía continuamente en mi interior una voz que me decía: «Déjalo mientras sea el momento». Era consciente del peligro que entrañaba que, un día, pensara en Wallander y me preguntara: «¿Qué hago con él ahora?». Un día en que lo primero fuera

Wallander, no el relato. Entonces habría llegado la hora de dejar de escribir sobre él. Hoy creo que, sin faltar a la verdad, puedo decir que Wallander nunca fue para mí más importante que el relato.

Wallander nunca se convirtió en una rémora.

Asimismo, oía en mi interior el timbre de otra alarma. El peligro de que empezara a escribir por rutina. Si permitía que me sucediera, caería en una trampa peligrosísima. Sería tanto como demostrar una gran falta de respeto por los lectores y por mí mismo. Los lectores pagarían un buen dinero por un libro en el que pronto descubrirían que el autor se había aburrido y seguía escribiendo por inercia. En lo que a mí se refiere, la escritura se habría convertido en algo carente de interés.

Por esa razón lo dejé mientras todavía resultaba divertido. La decisión de escribir el último libro protagonizado por él se fue presentando sin apenas darme cuenta. Tardé unos años en llegar a poner el punto final.

Por cierto, lo puso Eva, mi mujer. Yo acababa de escribir la última palabra y le pedí que pulsara la tecla del punto. Cuando lo hizo, se acabó la historia.

¿Y ahora que escribo un tipo de libros totalmente distinto? La gente suele preguntarme si lo echo de menos. Y yo respondo:

—No soy yo quien debe echarlo de menos, sino los lectores.

Yo no pienso nunca en Wallander. Para mí es un personaje que existe en mi cabeza. Los tres actores que lo han encarnado en la televisión y en el cine han narrado maravillosamente sus propias versiones de esa figura. Y eso me ha deparado una satisfacción enorme.

Pero no puede decirse que lo eche de menos. Tampoco he repetido el error de Sir Arthur Conan Doyle, que tan a su pesar le quitó la vida al señor Holmes. El último relato de Sherlock Holmes es, precisamente, uno de los menos logrados, seguramente porque Doyle, en su fuero interno, comprendía que se arrepentiría de lo que estaba haciendo.

De vez en cuando, alguien me para por la calle y me pregunta si de verdad no pienso escribir ningún otro libro de Wallander. ¿Y qué pasará con Linda, su hija, que también se hizo policía? ¿No he dicho en alguna ocasión que ella tomaría el relevo en el papel protagonista? ¿No escribí hace diez años *Antes de que hiele,* el primer libro centrado en ella?

No quisiera descartar por completo la posibilidad de que aparezca algún que otro libro en el que Linda Wallander lleve las riendas del relato, pero no estoy seguro. A mi edad, las fronteras se estrechan. El tiempo, siempre escaso, se ha vuelto más escaso todavía. Debo tomar decisiones cada vez más firmes sobre lo que *no quiero hacer*. Es la única manera de invertir el tiempo que aún me queda —nadie sabe cuánto será— en aquello a lo que más deseo dedicarlo.

Lo que sí puedo decir es que no me arrepiento de una sola de los miles de líneas que he escrito sobre Wallander. Pienso que esos libros siguen vivos porque constituyen un reflejo de la Suecia y la Europa de las décadas de 1990 y de 2000. El tiempo que puedan perdurar esos textos depende de factores tan variados como lo que ocurra en el mundo y lo que ocurra con la lectura.

El tiempo pasa a una velocidad vertiginosa. El primero de los libros de Wallander, o al menos la mitad, lo escribí en una máquina de la marca Halda. Hoy apenas recuerdo la sensación de escribir sobre el teclado de una máquina.

El mundo del libro está en proceso de transformación. Como siempre. Sin embargo, hay que tener en cuenta que lo que cambia es el modo de *distribución* del libro, no la obra en sí. El hecho de sostener en las manos las páginas entre dos cubiertas. Cada vez habrá más gente que se vaya a la cama con la tableta, sí, pero el libro físico jamás desaparecerá. Y creo que también habrá cada vez más personas que, sin ser retrógradas, volverán al libro en papel.

El tiempo dirá si tengo o no razón.

En todo caso, el relato sobre Kurt Wallander ha terminado. Wallander no tardará en jubilarse. Y se dedicará a deambular por esa tierra crepuscular que le pertenece, con *Jussi*, su perro de pelo negro.

Ignoro cuánto tiempo seguirán sus pasos horadando la Tierra. Supongo que la decisión es sólo suya.

Henning Mankell
*Mayo de 2013*

Los libros de Kurt Wallander
(en orden cronológico)

## ASESINOS SIN ROSTRO

*(Transcurre entre enero y agosto de 1990)*
El inspector Kurt Wallander atraviesa uno de los momentos más sombríos de su vida cuando tiene que emprender una compleja investigación: el asesinato de un matrimonio de ancianos en una granja de Lenarp. El marido ha sido horriblemente torturado y la mujer, agonizante, pronuncia antes de morir una sola palabra: «Extranjero». Wallander y sus colegas deberán enfrentarse a una comunidad irascible, presa de insospechados prejuicios raciales. El inspector sabe muy bien que la pacífica apariencia de algunas personas oculta a veces un auténtico monstruo.

## LOS PERROS DE RIGA

*(Febrero-mayo de 1991)*
Una fría mañana de febrero, un bote salvavidas con dos cadáveres queda varado frente a la costa sueca. Cuando se confirma que se trata de dos hombres letones asesinados, el inspector Kurt Wallander debe viajar a Riga, la capital del país, que en ese momento se halla en pleno proceso de democratización. Wallander se introducirá en los ambientes de la oposición clandestina y, en medio de ese sórdido escenario, conocerá a Baiba Liepa. El amor y ciertas vicisitudes inesperadas provocarán que su vida dé un vuelco.

## La leona blanca

*(Abril-junio de 1992)*
Una tarde de 1992, una joven es brutalmente asesinada en una apartada granja de Escania. Todo parece indicar que la muchacha vio algo que no debería haber visto. Una vez más, en Ystad, el inspector Kurt Wallander ha de dejar a un lado sus problemas personales para intentar resolver el misterio. Paralelamente, en Sudáfrica, una organización de extrema derecha planea asesinar a un importante dirigente político. Para ello contrata los servicios de un asesino a sueldo, quien empieza la preparación de un atentado en Suecia, muy cerca de Ystad.

## El hombre sonriente

*(Octubre-diciembre de 1993)*
El abogado Gustaf Torstensson conduce inquieto su vehículo por una carretera solitaria. De repente, delante de él, vislumbra una silla plantada en medio del asfalto, y en ella, un muñeco del tamaño de un ser humano. Torstensson frena en seco y, aterrado, sale del coche para examinar de cerca la fantasmagórica aparición. Es lo último que hace en su vida. El inspector Wallander se sumergirá en un complicado caso de delincuencia económica, y la sensación de que su vida corre un grave peligro no lo abandonará en toda la investigación.

## La falsa pista

*(Junio-septiembre de 1994)*
En el caluroso verano de 1994, mientras la gente sigue con pasión el Campeonato Mundial de Fútbol, el inspector Kurt Wallander se dispone a tomarse unas cortas vacaciones. Sin embargo, la tranquilidad de la provincia de Escania se rompe cuando una muchacha, al parecer extranjera, se suicida quemándose a lo bonzo. Cuando Wallander y su equipo comienzan a investigar ese extraño caso, las muertes violentas de un ex ministro de Justicia y de un marchante de arte les llevan a pensar que se enfrentan a un brutal asesino en serie.

## La quinta mujer

*(Septiembre-diciembre de 1994)*
La placidez habitual de la ciudad sueca de Ystad se ve perturbada cuando, en un lapso relativamente corto de tiempo, tres hombres aparecen salvajemente asesinados. Las víctimas, dedicadas respectivamente a la ornitología, el cultivo de orquídeas y la poesía, llevaban una vida sosegada y tranquila, lo cual hace aún más incomprensible la brutalidad de que han sido objeto. Durante la investigación del caso, Kurt Wallander descubre que el asesino es de una temible inteligencia: el inspector ha encontrado, por fin, un adversario de su talla.

## PISANDO LOS TALONES

*(Junio-octubre de 1996)*
En la noche de San Juan, alguien, agazapado tras un matorral, contempla cómo se divierten unos jóvenes... Por esas mismas fechas, el inspector Kurt Wallander regresa de sus vacaciones y empieza a acusar un agotamiento que está a punto de costarle la vida. Para colmo, Svedberg, uno de sus colegas, ha desaparecido, y una madre presiona a los agentes para que busquen a su hija, que ha partido de viaje en extrañas circunstancias. Wallander está lejos de sospechar las incógnitas que le presentará este caso, así como los sangrientos crímenes que deberá resolver, «y cuanto antes», como le exige el fiscal.

## CORTAFUEGOS

*(Octubre-noviembre de 1997)*
En Ystad, un hombre muere de manera misteriosa a las puertas de un cajero automático. Poco después, dos muchachas asesinan cruelmente a un taxista; detenidas y trasladadas a la comisaría, las dos sorprenden por su agresividad y su indiferencia ante el crimen que han cometido. Al día siguiente, un problema en el suministro eléctrico deja a oscuras gran parte de la región; cuando un técnico acude a la estación transformadora, hará un descubrimiento aterrador. Sin duda, el inspector Wallander se enfrenta a uno de los casos más complejos de su carrera.

## ANTES DE QUE HIELE

*(Agosto-noviembre de 2001)*

Años atrás, en 1978, en Guyana, al parecer en un suicidio colectivo, murieron todos los seguidores de una secta. Ahora, en 2001, cuando ese terrible suceso ya ha caído en el olvido, Linda, la hija del inspector Kurt Wallander, regresa a Ystad para incorporarse a su trabajo en la policía. De pronto, Anna, una amiga de Linda, desaparece y, poco después, en los alrededores de Ystad, Linda y su padre descubren el cadáver de una mujer atrozmente descuartizado. Y Anna sigue sin aparecer.

## HUESOS EN EL JARDÍN

*(Octubre-diciembre de 2002)*

Un Kurt Wallander extenuado por el trabajo visita la que podría ser la casa de sus sueños. Mientras pasea por el jardín, tropieza con algo semioculto entre la hierba. Para su sorpresa, son los huesos de una mano. Esa misma noche, cuando los técnicos encienden sus focos y excavan en la zona, sale a la luz un cadáver que lleva más de cincuenta años enterrado. Wallander, Martinsson y Stefan Lindman empiezan a investigar lo que parece un asesinato muy antiguo.

EL HOMBRE INQUIETO

*(Enero de 2007-mayo de 2010)*
La vida del inspector Kurt Wallander ha cambiado ligeramente: no sólo ha hecho realidad su sueño de tener una casa en el campo, sino que, además, su hija Linda lo ha convertido en abuelo. Sin embargo, poco después, el suegro de Linda, oficial de la Marina sueca, desaparece en un bosque cerca de Estocolmo. Wallander no puede evitar implicarse. Algunas pistas apuntan a grupos de extrema derecha y a la época de la Guerra Fría, cuando varios submarinos soviéticos fueron acusados de violar aguas territoriales de Suecia. Wallander comprende que está a punto de desvelar un secreto de gran alcance. Pero una nube aún más negra asoma por el horizonte.

LA PIRÁMIDE

*(Relatos. Entre 1969 y 1990)*
Todo el mundo tiene un pasado. El del inspector Wallander se remonta a los años sesenta, cuando era un joven agente despierto, ambicioso y con una vida privada ya muy problemática. Componen este volumen cinco relatos en los que el inspector debe resolver los más variopintos casos policiacos. Si en el primero Wallander termina en un hospital con una herida de arma blanca, en el segundo es secuestrado, y en el último interrumpe una misteriosa y compleja investigación para acudir al rescate de su padre, que se halla en El Cairo.

# Obras de Henning Mankell
# en Tusquets Editores